宋詞背後的祕密

唱情歌、論時政，
宋代文青的面貌，
原來藏在宋詞裡！

林玉玫——著

作者序

還記得小時候，我無意間在家裡的書架上發現了瓊瑤女士所寫的小說，一讀之下便深深沉醉其中。於是，我父親開始大量買進其他的瓊瑤小說，雖然母親對於我這麼沉迷於小說，感到有些擔心，父親卻不以為意，因為他認為這些小說中，經常出現古典詩詞，對我或許會有潛移默化的作用。果不其然，在沉迷故事情節之餘，我也對那些詩詞產生了興趣，特別是詞，雖然當時似懂非懂，文意一知半解，也分不太清楚詩詞的差別，只覺得喜歡的作品都是詞。父親見他的判斷（或說是計謀？）正確，又開始往家裡成堆的買《唐詩三百首》、《三李詞集》、《唐宋詞精選》等等，我也就這樣，一點一滴的累積了對詩詞的認識。

中學時，國文課本開始出現詞的單元。還記得當時的國文老師，曾經費了九牛二虎之力，生動白話、詳細完整的把李清照〈聲聲慢〉（尋尋覓覓）解釋一遍。我才突然發現，原來破解了詞表面難懂的文字後，底下所流露出的情感，是那麼動人啊！以往對詞只覺得文字吸引人，或懵懂的覺得有某種意境之美，卻不知最重要的，其實是作者想表達的情感。而這情感往往是不分時代，是所有身為「人」所能了解的共同感受，也是最能感動人之處。

因為有過這樣的讀詞經驗，我才發現這些詞離我們不遠。況且，詞一開始其實是配音樂的歌詞，也是當時流行的歌曲。相信大家都曾有被某首歌的歌詞感動的經驗，因為歌詞寫進了心坎裡，而詞也一樣，其實就是能打動人心的歌詞，只是因為時移世變，現在我們所用的語言和文化，已和當時的人們不同，所以未必能從字面意思上了解詞的意義。但無論時代與文化如何變遷，總有些東西是永遠相同的，經過時間的歷練而留下的文學，就必然存留了某些引起人們共鳴、感動的特色。只要能移開那層面紗，就能看到更豐富的東西。「一沙一世界，一花一天堂」，更何況是一首經典好詞呢？

當然，讀詞的時候，要卸下文字的隔閡，去了解背後的情感，並不只是把翻譯弄懂、意思了解而已，還要知道為什麼詞人會寫出這樣的作品。因為每個詞人的個性、遭遇都不同，自然也會影響到創作，寫出不同的事件，也流露出不同的情感。除此之外，雖然我們要卸除文字隔閡，卻也不能否認詞的文字之美，有些詞使用的文字雖然晦澀難懂、布局錯綜複雜，卻不能抹煞它有藝術的價值、詞人的匠心巧思。所以，能成為一首好詞的條件並不單一，動人的感情、作者出眾的才華或心性、文字的藝術與創意，都有決定性，這也適用於讀其他的文學作品。

這本書就是希望盡量用簡單、輕鬆但把握重點的方式，介紹那些值得一讀再讀的作品、優秀的作者、創作的藝術、詞的發展變化……等，也兼及和詞有關的趣味故事，希望能呈現出詞的多種面貌，畢竟詞不是死板平面的文學，應該是活生生而立體的。此外，詞雖從唐朝開端，歷經五代、宋朝而興盛，宋以後一度沒落，到清初才又復興，但最輝煌的時期是在宋朝。因此本書也以介紹宋朝的詞人、詞作為主，不過詞既然是跨越了幾代的文學，很難完全斷開與前代、後朝的關係，所以書中的內容，也會兼及其他朝代的詞作與詞人，做為更完整的補充。現在，就讓我們一起來進入豐富而多樣的詞的世界吧！

目次

作者序 5

一——**為什麼作詞又稱為填詞？** 14
為什麼填詞要規定平仄？

二——**詞牌名是怎麼來的？** 18
一首詞的真名：詞題和詞序

三——**宋詞也有「熱門金曲榜」？** 22
詞牌有別名嗎？哪些詞牌的別名很多？

四——**為什麼詞要分片？有哪些形式？** 26
詞有沒有主歌和副歌？

五——**詞的布局方法有哪些？** 30
詞中也有電影鏡頭

六——**最長和最短的詞，各是哪一首？** 34
什麼是大詞？什麼是小詞？

七——**作詞有哪些忌諱？** 38
在現代，有辦法高歌宋詞嗎？

八——**為什麼男性詞人常用女性角度寫詞？** 42
「男子作閨音」背後的深意

九——**詞為何會在宋代興盛起來？** 46
宋代蓄家妓之風

十——**詞流行時，也有歌本嗎？** 49

為什麼早期的詞，經常不確定作者是誰？
十一——**詞人如何用和韻、用韻、次韻來互相唱和？** 53
歷史上被追和最多次的詞作
十二——**詞人為什麼愛傷春悲秋？** 58
宋代的節令詞
十三——**詩、詞、曲的差別是什麼？** 62
詞還有哪些別稱？
十四——**什麼是「以詩為詞」？** 66
什麼是「以文為詞」？
十五——**詞為何分為婉約和豪放兩派？這樣恰當嗎？** 70
蘇軾的「曠放詞」
十六——**喜歡談情說愛的宋詞，能反映歷史嗎？** 74
宋詞還有哪些題材？
十七——**唐代有邊塞詩，宋代有邊塞詞嗎？** 78
歐陽修為何稱范仲淹為「窮塞主」？
十八——**宋詞中的「二晏」指的是哪兩個人？** 82
「詞中三李」指的是誰？
十九——**晏殊那句「似曾相識燕歸來」怎麼來的？** 86
什麼是「集句詞」？
二十——**哪些詞人因為詞寫得好而有綽號？** 90
張先的風流軼事

二十一—**歐陽修為何在科考時把蘇軾從第一變第二？** 94
唐宋八大家的恩怨情仇
二十二—**歐陽修的「人生自是有情癡，此恨不關風與月」表達了怎樣的人生觀？** 98
「雲雨」是什麼意思？
二十三—**如果宋代也有金曲獎，誰會得最受歡迎詞人獎？** 102
柳永與歌妓的關係
二十四—**為什麼蘇軾的名字和車有關？** 106
蘇轍的「轍」又有什麼意涵？
二十五—**赤壁之戰的千軍萬馬，只為女人？** 110
〈念奴嬌．赤壁懷古〉的雄豪與曠逸
二十六—**蘇軾是在怎樣的心情下，寫出「揀盡寒枝不肯棲，寂寞沙洲冷」？** 114
仰慕蘇軾的癡情女子
二十七—**性格豁達的蘇軾，也會有想逃避人世的時候嗎？** 118
蘇軾在黃州的生活
二十八—**蘇軾為何成為被貶最遠的詞人？** 122
蘇軾對海南島的影響
二十九—**秦觀是怎麼看遠距離戀愛的？** 126
擅寫感情的秦觀
三十—**秦觀的「郴江幸自繞郴山，為誰流下瀟湘去」為何讓蘇軾感動不已？** 130
蘇軾與秦觀的師生之情
三十一—**誰是北宋最佳作詞作曲人？** 134

什麼是「自度曲」？
三十二——為什麼說周邦彥擅長「時間的魔法」？ 137
北宋「集大成」的詞人是誰？
三十三——周邦彥的〈少年游〉講的是哪位佳人和君王？ 141
宋代第一名妓李師師
三十四——我很醜，可是我很深情：才高八斗的賀鑄 144
「鬼頭」是哪位詞人的綽號？
三十五——堪稱「詞中之后」的人是誰？ 148
「詞中之后」的另一個真面目是？
三十六——用了許多俗字的〈聲聲慢〉，為何成為李清照的千古名作？ 152
哪些詞人也會用俗字作詞？
三十七——最智勇雙全的詞人是誰？ 156
英雄心目中的英雄又是誰？
三十八——辛棄疾「眾裡尋他千百度」的「他」是指誰？ 160
宋詞裡的「人生三境界」
三十九——上演宋代版〈孔雀東南飛〉的是哪位詞人？ 164
執著的陸游
四十——南宋最佳作詞作曲人是誰？ 168
最會寫詞序的人是誰？
四十一——宋詞中的哪位詞人，堪比唐詩中的李商隱？ 172
吳文英的人品不好嗎？

四十二——勁歌金曲之一：蘇軾〈江城子・密州出獵〉 175
蘇軾密州時期的詞作
四十三——勁歌金曲之二：岳飛〈滿江紅・寫懷〉 179
〈滿江紅・寫懷〉不是岳飛寫的？
四十四——勁歌金曲之三：張孝祥〈六州歌頭〉 184
愛與蘇軾較量文采的張孝祥
四十五——勁歌金曲之四：辛棄疾〈破陣子・為陳同甫賦壯語以寄〉 188
辛棄疾的盟友兼詞友
四十六——勁歌金曲之五：辛棄疾〈永遇樂・京口北固亭懷古〉 192
韓侂胄主張的北伐為何失敗？
四十七——經典傷心情歌之一：范仲淹〈蘇幕遮〉 196
為何范仲淹叫「小范老子」？
四十八——經典傷心情歌之二：歐陽修〈蝶戀花〉 200
「庭院深深深幾許」引起的迴響
四十九——經典傷心情歌之三：柳永〈雨霖鈴〉 204
親愛的，他把詞變「大」了
五十——經典傷心情歌之四：蘇軾〈江城子〉 208
蘇軾的賢妻美妾
五十一——經典傷心情歌之五：李清照〈武陵春〉 212
「詞中之帝」是誰？
五十二——經典傷心情歌之六：吳文英〈唐多令・惜別〉 216

為什麼芭蕉的意象多與愁苦有關？

五十三——**是詞，還是判狀？** 220
是詞，還是藥方？

五十四——**一首詞也能成就一段姻緣嗎？** 224
一首詞也可以破壞感情嗎？

五十五——**宋代的生日歌曲怎麼唱，與現代的有何不同？** 228
詞也可以用於婚禮嗎？

五十六——**近代最有名的詞人是誰？** 231
宋代以後詞的發展

五十七——**為何在宋詞中，「西樓」最常見？而不是東樓、北樓、南樓？** 235
為何在宋詞中，「東風」比其他的風還常見？

五十八——**「冰肌玉骨」形容的是哪個美人？** 238
為何形容美女時，喜歡用「冰」、「玉」等字？

五十九——**宋詞中常見的自然意象有哪些？** 242
宋詞中「水」的意象

六十——**宋詞中常見的人造意象有哪些？** 246
宋詞中「欄杆」的意象

附錄一 **填詞詞譜（現代版）** 250

附錄二 **填詞詞譜（古典版）** 255

一、為什麼作詞又稱為填詞？

詞，在以前其實是一種音樂文學，「填詞」也和音樂有很大的關係。所以，當我們要講什麼是「填詞」時，還是得先從音樂的部分開始說起，也要說說詞最主要的產生原因。

首先，隋唐之際，天下較為安定了，交通的發達與商業的興盛，促進了中國與其他各國的文化交流，大量的異國音樂傳入，且漸漸地被改編，或與許多中國的民間音樂融合，產生了許多與之前不同的新曲子，然後大量興起。像宋人王灼的《碧雞漫志》卷一中說：「蓋隋以來，今之所謂曲子者漸興，至唐稍盛。」或《舊唐書．音樂志》說：「自開元以來，歌者雜用胡夷里巷之曲。」指的都是這種新興、「混血」的音樂（古人稱之為「新聲」）。當然，在隋唐以前就已經有中外音樂相互融合的情形，我們可以猜測，這就好像現在坊間有許多異國料理，在引進臺灣時，總要做一些口味上的改良，或與我們現有的料理做創意結合，才能被大眾所接受、歡迎。在當時，中外音樂產生融合，大概也有類似這樣的原因，而隋唐以後的安定繁榮，人們對娛樂的需求也相對提高，就更促使了這類的新聲出現。

而詞，就是在這種背景之下產生的。以前這些音樂在流傳時，不像歐洲的交響樂只有旋律，是必須配上歌詞的，我們現在所謂的「詞」這一文體，其實一開始是為了配合這些樂曲所寫出的歌詞。又因為早期這些樂曲多流傳於民間，所以一開始也多是民眾在作詞。像在二十世紀初時，甘肅敦煌莫高窟所出土的「敦煌曲子詞」中，就保留了許多唐五代時的民間詞，題材多樣，也比較口語化、生活化，反映了不少當時的民間生活狀況。像王重民〈敦煌曲子詞集敘錄〉概括敘述敦煌曲子詞時就說：「有邊客遊子之呻吟，忠臣義士之壯語，隱君子之怡情悅志，少年學子之熱望與失望，以及佛子之贊頌，醫生之歌訣，莫不入調❶。」可以見得當時民間詞的豐富多變。而詞雖在民間流行，但也有文人喜愛這些樂曲，開始擬作具有民歌風格的歌詞，不過也有些文人覺得民間詞不夠雅，就自己來進行創作，也開創了日後文人詞的興盛。

所以，我們可以知道，詞的起源和當時音樂的發展有很大的關係，是為了因應大量樂曲的產生，才跟著產生了歌詞。這種狀況是比較特殊的，因為在這之前，樂府詩也是配音樂唱的，但是樂府詩往往是先有了詩作，才有配合的音樂產生，直到唐代以後，這種關係才改變過來，成為先有了曲調，再配合填上適當的歌詞，這種方式稱為「倚聲填詞」，作詞也就又稱為「填詞」了。

❶〈敦煌曲子詞集敘錄〉，收錄於《敦煌遺書論文集》，王有三（重民）撰。臺北：明文書局。民國七十四年六月。頁57。

為什麼填詞要規定平仄？

所謂平仄，是特別用於中國詩詞中，表明聲調變化的方式，平是指平直，仄則是曲折。古代語言和現在我們用的國語一樣有四種聲調，分別為平、上（ㄕㄤˇ）、去、入，其中上、去、入三種聲調的字，有高低起伏的變化，故統稱為仄聲，平聲則只包含平聲調的字。而後來絕句、律詩要規定平仄，就是為了讓詩句念起來有抑揚頓挫的音律感。

我們現在看到的詞譜或詞律，都有規定平仄，或許大家會想，這一定是受到律詩、絕句的影響吧！其實不完全是，因為早期詞人是根據音樂來填詞的，當時並沒有硬性的平仄規則。詞和音樂密不可分的關係，從中唐一直延續到北宋，到了南宋，才逐漸脫離音樂，變成只要按照詞牌的固定格式作詞即可。從這時期開始，詞逐漸變成一種不必配樂的純文學，也才變得比較有固定的格式。而後，宋代樂譜幾乎都已失傳，後世的人再想填詞，就真的只能照那些固定格式來寫了。

所以，當開始有人大規模的整理詞的格律時，就會產生重要的影響。像清康熙時，萬樹寫了《詞律》這本書，研究了很多詞牌的平仄、句式、字數、押韻等，然後訂出他認為比較正確，或較多人使用的格式為規範，平仄自然也跟著固定出來了，後來的《欽定詞譜》也是類似的書籍。所以我們現在看到的詞的平仄等格律，都是後人歸納訂定出來的，這樣可做為填詞之參考；且平仄變化所造成的音律感，和音樂是有相像之處的，所以定出平仄，其實等於還能留有一點音樂性。因此，現在平仄對填詞而言，反而變得重要了。

二、詞牌名是怎麼來的？

以現代我們所熟悉的歌曲形式來說，都是一曲配一詞，也擁有專屬的歌名，所以每首歌都有它的獨特性。但我們若看唐宋詞，會發現每首詞前都有個像「歌名」的詞牌名，且往往是重複的，例如很多首詞都叫「念奴嬌」、「滿江紅」、「水調歌頭」……等等，是因為這些詞牌名其實指的是曲調的名稱，配合這首曲調去填的詞，也就直接沿用這些詞牌名了。

而這些詞牌名的產生，背後常常是有故事的。唐五代以後，詞多由美麗的歌妓來唱，所以詞的內容，很多都和女性有關，而詞牌名的由來，也有不少是和歌妓或美女相關的。比方說「念奴嬌」當中的「念奴」，是唐玄宗時一個知名歌妓的名字，當時唐玄宗曾自己作曲作詞，再交給念奴來唱，結果念奴的歌藝讓唐玄宗大為欣賞，就把這個曲子取名為「念奴嬌」了。而有個詞牌名叫「虞美人」，指的就是項羽身邊的美人虞姬，當年項羽兵敗垓下的時候，虞姬不離不棄，最後因為怕成為項羽的累贅，自刎而死，後來便有一個傳說，當地有種紅色的花，就好像被虞姬自刎時的鮮血染就一樣，這種花後來被稱為「虞美人」，然後又被沿用到詞牌名中。另外還有像「昭君怨」是與王昭君有關，「浣溪紗」則和西施曾在溪邊浣紗的典故有關。

其他也有不少詞牌名的背後是有故事的，例如「鵲橋仙」，是出自牛郎織女只能在每年七夕時，在鵲橋上相見的故事；而「雨霖鈴」則和唐玄宗與楊貴妃有關，據說安史之亂時，唐玄宗帶著楊貴妃逃走，但因為大家都認為安史之亂是因為楊貴妃這個紅顏禍水，唐玄宗迫於輿論壓力，只好賜死楊貴妃。楊貴妃死後，唐玄宗仍舊懷念不已，在某一個蜀地棧道的雨夜中，聽到鈴聲，思念甚濃，後來就命人寫下「雨霖鈴」這個曲子。

至於其他詞牌名的由來也很多，像本來有些歌就是專門寫某些事的，如「醉公子」是用以寫喝醉了的男子；「漁歌子」是寫漁家生活的閒適；「女冠子」是寫女道士；「臨江仙」是寫水中之仙等，大概是一開始寫什麼事，就訂下這個題目，然後被後人繼續沿用下去。

但是，也有些詞牌容易引人誤會，例如「賀新郎」，從字面意義看，會以為是結婚時恭賀新郎的歌曲，但其實「賀新郎」本作「賀新涼」，是後來誤把「涼」變成「郎」，有很多人在填這個曲調時，都是寫慷慨悲憤之情的。而「壽樓春」、「千秋歲」看起來與祝壽有關，但其實是用於悼亡，如果拿來填壽詞，就太沒有禮貌了。

最後要注意的是，詞牌名是曲調的名稱，和詞的內容沒有必然的關係。早期的詞牌名與詞作內容有比較多相符的情形，但發展到後來就分離了。「虞美人」不見得都是寫虞姬的事情，「念奴嬌」的內容，也不一定都適合像念奴這樣的嬌美人兒來唱，「臨江仙」到後來也不會只是寫水仙，有時只是後來的詞人喜歡這曲調的旋律，或認為這旋律適合寫某些事情，才選來填詞。而到文人作詞已逐漸脫離音樂後，在選擇詞牌時，也多半是認為這詞牌的格式或篇幅適於他要寫的東西，除非是特殊情況，否則內容是否符合詞牌名的意義，就不那麼重要了。

延伸知識

一首詞的真名：詞題和詞序

由於詞作內容和詞牌名沒有一定的相關性，自然很難從詞牌名去判斷這首詞在寫什麼，所以有的詞人會另外再下一個題目，或者交代一下作詞的動機、場合、時間等，我們稱之為「詞題」或「詞序」。

一般來說，如果字數很少，就像個題目而已，我們可以稱之為「詞題」；像蘇軾寫過兩首〈念奴嬌〉，一個詞題叫「赤壁懷古」，另一個叫「中秋」，就帶有題目性質。而另一種像序言，用來闡述宗旨，或交代寫作背景，有開宗明義、補充說明之用的，可以稱之為「詞序」，通常字數也會比較多；像張先的〈木蘭花〉序：「去春自湖歸杭，憶南園花已開，有『當時猶有蕊如梅』之句。今歲還鄉，南園花正盛，復為此詞以寄意。」便是交代了寫作的動機。

其實，最先比較頻繁使用詞題、詞序的，就是北宋的張先，在他一百七十多首詞作中，將近一半都有詞題或詞序，但以詞題為絕大多數，這是在以往的詞人作品中，相當罕見的。後來蘇軾的三百多首詞作中，有超過一半的作品有詞題或詞序，就是受了張先很大的影響，後來也有許多詞人都會如此。

到了南宋，有位知名詞人姜夔，絕大部分的詞都有詞題或詞序，而且他的詞序中，不僅文句優美，還有不少是相當「長篇大論」的，因為他不僅善於填詞，也善於音律，所以會利用詞序來說明他對某些曲調、音律的看法。像他有一首〈淒涼犯〉，序言約兩百多字，另一首〈徵招〉，序言更多達四百多字，可說是一個相當用心於作詞作曲的詞人。

三、宋詞也有「熱門金曲榜」？

唐宋詞與樂曲的特點，便是可以「一曲配多詞」，但以前的樂曲如今已失傳，只剩歌詞仍繼續流傳，所以若有宋詞的「熱門金曲榜」，應該要分成兩個部分來看，一個是當時最常被使用的曲調有哪些，另一個則是最受歡迎的歌詞。

首先來看最常用的曲調。唐五代到兩宋，流傳的曲調非常多，我們以詞最興盛的宋代為例，在當時流傳最廣的詞牌是「浣溪沙」，接下來還有「水調歌頭」、「鷓鴣天」、「菩薩蠻」、「西江月」、「滿江紅」等，這些都是當時的熱門音樂，也是最常被詞人選來填詞的前幾名曲調。

雖然因為曲調已失傳，我們無法得知當時的音樂樣貌，但透過了解宋人常用的曲調是哪些後，大概可以推敲出，這些曲調之所以受歡迎，不外乎是旋律受人喜愛，或音律不會過於複雜、篇幅較為適中、比較好填詞等原因，所以如果想學填詞，也可以先從這些詞牌入門。

不過，最熱門的曲調，卻不一定會產生最熱門的歌詞。在二〇一二年的時候，中國北京中華書局出版了一本書，名叫《宋詞排行榜》，由王兆鵬等人合著[1]。這本書根據每首詞被歷代詞選收編的次數、在現代各大搜尋引擎中被搜尋的次數、被歷代詞人追和的次數等數據，計算出前一百首最熱門的詞作，其中前十名分別為：

第一名：蘇軾〈念奴嬌〉（大江東去）
第二名：岳飛〈滿江紅〉（怒髮衝冠）
第三名：李清照〈聲聲慢〉（尋尋覓覓）
第四名：蘇軾〈水調歌頭〉（明月幾時有）
第五名：柳永〈雨霖鈴〉（寒蟬淒切）
第六名：辛棄疾〈永遇樂〉（千古江山）
第七名：姜夔〈揚州慢〉（淮左名都）
第八名：陸游〈釵頭鳳〉（紅酥手）
第九名：辛棄疾〈摸魚兒〉（更能消）
第十名：姜夔〈暗香〉（舊時月色）

熱門詞作的統計，顯然比較複雜，牽涉的數據也不僅局限在宋代，畢竟只有詞作的內容，是至今我們仍能品評好壞的，而每個朝代喜歡的詞作也會不同，但以上這前

---

❶王兆鵬、郁玉英、郭紅欣（二〇一二），《宋詞排行榜》，北京：中華書局。二〇一二年一月。

十名的作品，依舊通過時代的考驗留了下來，必然有一定的價值。不過有趣的是，這個詞作的金曲榜，顯然是兼容並蓄的，包含了慷慨激昂的勁歌、婉約悲傷的情歌，有詞人抒發對國事的感慨、憤恨，也有對於人生的體悟，和依依離情的傾訴，可見不論哪種風格的歌詞，都有一定的群眾支持。而這個金榜上，蘇軾、辛棄疾、姜夔就各占兩首，也足以見得他們的詞作極受肯定，可見詞人及其作品魅力的影響也是很大的。最後，透過對好作品的認識，也可以培養對詞作的賞析能力，對學習創作也能有所助益。

延伸知識

詞牌有別名嗎？哪些詞牌的別名很多？

詞牌名的產生，我們在前面已介紹過原因，但詞牌名常有個現象，就是除了本來的名字之外，也會產生別名。例如某一首詞寫出來之後，因為變得特別有名，就會有人將這首名詞中的幾個字，拿出來成為新的詞牌名。像蘇軾寫過〈念奴嬌·赤壁懷古〉，開頭有「大江東去」，所以「念奴嬌」後來又有別名叫「大江東去」；或是像「望江南」，因為後來白居易用這個曲調，寫了三首回憶江南之好的詞作，所以又改名為「憶江南」。這種狀況會顯示出，代表性詞作在這個曲調中的影響力。

另一個別名的產生方式，則是用詞牌的字數去取名，如「念奴嬌」是一百個字，就又稱為「百字令」；「歸字謠」只有十六個字，所以又叫「十六字令」。

一般來說，若別名很多，表示可能有很多作家喜歡用這個詞牌，所以產生的佳作比較多，就容易有佳句被拿來做為別名的情形。像熱門曲調中第一名的「浣溪沙」，別名就非常多，共有十個；第三名的「鷓鴣天」，也有七個別名，其中就有很多是因為作者寫出佳句後，又產生別名的。不過最多別名的還是「念奴嬌」，共有十八個，其中像「大江東去」、「酹江月」、「江月」、「赤壁詞」等，就是因為蘇軾之詞產生的別名，可見「念奴嬌」這個詞牌，不僅因為常被使用而別名甚多，其中也不乏有蘇詞的影響力。

既然詞牌的別名愈多，表示這個詞牌可能在當時愈熱門、愈有名，因此，也可以當作該曲調是否熱門的一項指標。

四、為什麼詞要分片？有哪些形式？

一般來說，我們最常看到的詞的形式，是分成兩個部分的，這每個部分稱為「片」、「疊」或「闋」；所以，一首分成兩個部分的詞，我們也會說這是分成上下片、上下疊、上下闋（但這個「闋」字，有時也拿來當作詞的單位，一首詞也可以稱為一闋詞，但我們不會說一片詞、一疊詞）。

詞會分片，是為了配合樂曲，樂曲有段落，一個段落就是一片，通常分成兩片的詞是最常見的，其中又有三種不同的類型。第一種是這兩片在句數及每句的字數、押韻的韻腳、平仄等，完全相同，例如「蝶戀花」這個詞牌，像這樣的歌曲應是同樣的旋律重複兩遍。第二種則是上、下片略有不同，例如「鷓鴣天」，舉辛棄疾的作品來看，上片第一句「晚日寒鴉一片愁」，下片第一句則是「腸已斷、淚難收」，其他地方都相同，這種情形稱為「換頭」，只有開頭不大一樣，其他地方的旋律都保持相同，大約是為了要使曲調有些變化，不那麼千篇一律。此外，也有上下片完全不同的，例如「訴衷情」、「賀新郎」、「清平樂」等，我們舉晏殊的〈訴衷情〉來看：

數枝金菊對芙蓉。搖落意重重。不知多少幽怨，和露泣西風。

人散後，月明中。夜寒濃。謝娘愁臥，潘令閒眠，心事無窮。

很明顯可看出上下片是不對稱的，上片四句，下片六句，幾乎不相同，大約是這類詞牌的樂曲，曲調變化比較多的緣故。

但除此之外，詞其實還有不分片，或者是有三片、四片的情形。不分片的情形，通常篇幅比較短，像「望江南」、「如夢令」等，像這樣的詞牌，大概樂曲也很簡短，就不分上下片了。分成三片、四片的形式（又稱三疊、四疊），這類作品較少見，可是變化比較豐富，比方說「西河」、「蘭陵王」、「浪淘沙慢」等詞牌，也是三片都不太相同。另外也有所謂的「雙拽頭」，例如周邦彥的〈瑞龍吟〉：

章臺路。還見褪粉梅梢，試花桃樹。愔愔坊陌人家，定巢燕子，歸來舊處。
黯凝佇。因念個人癡小，乍窺門戶。侵晨淺約宮黄，障風映袖，盈盈笑語。
前度劉郎重到，訪鄰尋里，同時歌舞。唯有舊家秋娘，聲價如故。吟牋賦筆，猶記燕臺句。知誰伴、名園露飲，東城閒步。事與孤鴻去。探春盡是，傷離意緒。官柳低金縷。歸騎晚、纖纖池塘飛雨。斷腸院落，一簾風絮。

這種詞牌是第一、二片格式相同，第三片比較長，我們稱之為「雙拽頭」，就好像兩匹馬牽拉著車身一樣，用來比喻先重複兩次較短的旋律，再配合一個較長旋律的樂曲，是一種相當特別的形式，「曲玉管」這個詞牌也是如此。

再來介紹四片的形式，但只有一種詞牌是這樣的，就是「鶯啼序」，當中四片的格式都不太一樣：第一片共八句；第二片共十句；第三、四片各為十四句，前面雖幾乎一樣，但末三句又不相同。這個詞牌，不只片數最多，也是字數最多的，大約是因為結構比較複雜，篇幅又大，寫作比較不易，作品數量也相對很少。

延伸知識

詞有沒有主歌和副歌？

現在的流行歌曲中，絕大部分都是主歌配上副歌的形式。而顧名思義，主歌就是一首歌當中主要的部分，大多會先敘述出這首歌的主要內容，或是為副歌的部分做鋪陳；而副歌則是整首歌比較高潮的部分，通常著重感情的抒發，並藉由一再重複，加強聽者對於歌曲的記憶，加深印象。主歌雖然也會重複，可是歌詞內容有可能會改變，也不會重複太多次；副歌則是重複較多次，歌詞比較不會改變，或者改變幅度較小。

如果根據以上主、副歌的比較來看的話，我們可以發現，在詞中，是沒有主、副歌之分的，雖然詞的上下片格式有時會完全相同，很像是副歌的重複，但畢竟只有旋律重複，歌詞內容是完全不同的，整首歌詞渾然一體，較無主副之分。雖然，我們前面介紹過「瑞龍吟」、「曲玉管」這種雙拽頭的形式，如果把第三片和第一、二片倒換過來的話，確實是有點類似今天流行歌曲的形式，但畢竟不完全相同，且第一、二片也僅是旋律重複，歌詞並未重複，這種形式在唐宋詞中也算是少數，只能說是偶然的類似罷了。所以，不分主、副歌，是唐宋流行音樂和現代流行音樂一個很大的不同。

五、詞的布局方法有哪些？

一般而言，詞分成兩片，所以也可以將其內容視為分成兩個段落，所以許多詞人在寫詞時會去注意上、下片該如何布局，就好像寫文章也須分段，並注重起承轉合一樣，同時，兩片之間也要有順暢的過渡和連接。以布局來說，常見的有上片寫景，下片寫情；或相反過來，上片先寫情，下片寫景的。例如范仲淹的〈蘇幕遮〉（碧雲天）、宋祁〈玉樓春〉（東城漸覺風光好）、蘇軾〈念奴嬌・赤壁懷古〉等，就是上景下情的作法，而上情下景的作品也有，但是比較少，如張先的〈天仙子〉：

水調數聲持酒聽。午醉醒來愁未醒。送春春去幾時回，臨晚鏡。傷流景。往事後期空記省。
沙上並禽池上暝。雲破月來花弄影。重重簾幕密遮燈，風不定。人初靜。明月落紅應滿徑。

上景下情的狀況較多，主要是因為「由景入情」這種寫作模式，從《詩經》就已開始，但當時所描寫的景物，並不必然與要訴說的情感有絕對關聯，只是發展到後來，景物與感情的聯繫就更為密切了。更進一步說，不論先寫景還是先寫情，甚至是情景交錯的寫法，若是景能與情「交融」，那是最好的，畢竟情往往是抽象的，若能透過具象的景去勾發、比喻的話，也就能使情得到更進一步的抒發。

除了以情、景分段，也有以時間來分段的，例如寫事情，便有上片寫過往，下片寫現在的，類似作文的「順敘法」；也有上片先寫現在，下片追憶過往的「倒敘法」。前者如歐陽修的〈生查子〉：

> 去年元夜時，花市燈如畫。月到柳梢頭，人約黃昏後。
> 今年元夜時，月與燈依舊。不見去年人，淚滿春衫袖。

後者則有如周邦彥的〈念奴嬌〉（魂醉乍醒），先寫現在的情景，再追憶過往，這些都是以時間點做為段落的區分。

此外，分片是一個較大的布局，但每一片裡又有許多細節需要琢磨。首先是押韻，詞大約每兩、三句會押一次韻，有時一句就會押一次韻，一般來說，押韻的地方最好就是一個完整的意思，也因此，每個韻要容納哪些意思，又如何與其他韻組合成片，並形成一個脈絡，都必須細細斟酌。同時還要兼顧開頭不俗，上、下片切換時要有關聯，但又不能太重複，最後結尾要能有深長的餘味等等。當然若是三片、四片的布局法，可能又更加複雜。最好還是能了解詞人布局的方法，這樣可以幫助詞作的理解更為深入；同時，若有興趣創作的話，也可以做為學習的準則。

最後，仍要注意的是，所謂章法布局，其實多是後人所歸納出來的，作者當然自會有一套布局的方式，但在創作時，卻不見得是完全照準則來的，或者也可以說，是透過對準則的學習之後，再打破規則另行創意。總之，了解準則是需要的，但也要避免完全被限制住。

延伸知識

詞中也有電影鏡頭

前面說到，詞中常會有對於景物的描寫，而這些景物，都會在詞中創造出某種情境，使情與景交融在一起，如此一來，這景物自然就染上了詞人的主觀色彩，變得比平常更有意義。

而寫景，不只是平鋪直敘地描繪眼前所見或景物的表象，有的詞人會精心安排景物的設置，例如從近寫到遠，或由遠寫到近，有時亦來個特寫鏡頭，細部描繪某個景物。這就好像電影鏡頭，也分成遠景、中景、近景、特寫鏡頭一樣，使讀者在讀詞的時候，感受到景物與情感的變化，例如相傳為李白所寫的〈菩薩蠻〉：

平林漠漠煙如織。寒山一帶傷心碧。暝色入高樓。有人樓上愁。
玉階空佇立。宿鳥歸飛急。何處是歸程。長亭更短亭。

這是一首描述女子思念遠方良人的詞，開頭先寫遠景，從最遠的「平林漠漠煙如織。寒山一帶傷心碧」開始，再移到較近的景物「高樓」，然後才是高樓上的女子，這是景物由遠而近，由大而小的描寫方式；下片則相反過來，從近景寫到遠景，從愁苦的女子寫到天上的歸鳥，再寫到那綿延不斷的長亭與短亭❶，不僅顯示出良人歸途的遙遠，更暗喻了自己的思念，就如同那長短亭，不停的蔓延出去。

這首詞的上片，可說是先用一種由遠而近的寫景方式，帶主角出場，下片再將主角向遠方淡出，可是人雖淡出了，情卻沒有，反而與景物交融，形成一種深長的餘韻，如果這首詞也可以翻拍成「微電影」的話，一定很有意境。

❶古時會每十里設置一長亭，每五里設一短亭，供旅客休息，後來逐漸變成送別的地方，因此常會出現在描寫離情的作品中。也可指綿延不斷的旅途。

六、最長和最短的詞，各是哪一首？

詞從興起開始，產生了不少的詞牌，這些詞牌的字數，有多有少，目前所知最多字的是兩百四十個字，最少則只有十四個字。

因為字數相差懸殊，所以進行分類是必須的。目前所知最早將詞分為小令、中調、長調三種的始祖是《草堂詩餘》。後來，清代的毛先舒才進一步根據字數去定義此三者，以五十八字以內為小令，五十九字到九十字為中調，九十一字以上的都是長調。這個分法後來被廣泛地採用，但其實並不是很科學，就像萬樹在《詞律》中就曾經批評這種分法，並舉例說明，像「七娘子」這個詞牌，有五十八字，也有六十字的，那要叫小令還是中調？而像「雪獅子」有八十九字，也有九十二字的，又是中調還是長調呢？萬樹的這個質疑很有道理，因為，詞一開始都是配音樂的，有時候多一、兩個字或少一、兩個字，也還是可以唱的，而填詞的篇幅，應該和樂曲長度有比較大的關係。可是音樂已失傳，要去幫詞的篇幅大小作分類的話，大概也只能先用字數去分，暫時沒有更好的分法了。

那麼，我們姑且將小令定義在五十八字以下，而小令中字數最少的詞，是唐代的「竹枝」，只有十四個字，例如皇甫嵩的作品：「木棉花盡荔枝垂。千花萬花待郎歸。」

這幾乎只是一個對聯的感覺。再來則有十六個字的「十六字令」，如周邦彥的作品：「眠。月影穿窗白玉錢。無人弄，移過枕函邊。」雖然只多兩個字，但變化就比較多了。

至於長調，被定義在九十一字以上，看似不少，但實際上最長的詞牌「鶯啼序」，共有兩百四十個字，超出九十一字兩倍以上，「竹枝」連它的零頭都不到，再少一點字數的則有如「戚氏」，共兩百一十二字。可見，以往的樂曲種類相當多，長短落差也非常大，在創作時，方式自然也不同。「竹枝」只有短短兩句，大約是適合隨口一唱、即興創作；其他小令篇幅的詞牌，雖有字數較多的，但篇幅上仍有限制，所以只適合抒發較為片段的感情，頂多寫景再加上抒情；而字數再多一點的中調、長調，篇幅較大，就可以拿來敘事兼抒情，或敘事、寫景、抒情三者兼具，南宋時甚至有詞人拿來議論、說理的。因此，詞有長短之分，適合寫的題材不同，自然也能形成不同的味道。

宋人常用的詞牌，其篇幅大概會是比較好發揮的大小，特短或特長的詞，相較之下創作者就少。就好比現代的流行歌曲，大部分的長度都在三到五分鐘左右，算是比較固定，但有時也有特別短的歌詞或特別長的歌詞。例如王菲作詞並演唱的〈浮躁〉，歌詞只有二十二字，也不比最短的小令多多少字，唱起來也是頗為隨性的感覺；而古巨基演唱的〈情歌王〉，則是集合了許多情歌的部分歌詞和旋律成為一首歌，時間長度就有十二分鐘多，歌詞則有一千兩百多字，將情感不停接續、鋪敘下去。但這類的歌和宋代特短或特長的詞一樣，畢竟不是主流，只能偶一為之來增加些新意。

什麼是大詞？什麼是小詞？

若有機會看古人論詞的文章，有時會看到「大詞」、「小詞」這樣的詞彙，例如宋代沈義父的《樂府指迷》當中說：「作大詞，先須立間架，將事與意分定了。第一要起得好，中間只鋪敘，過處要清新。最緊是末句，須是有一好出場方妙。作小詞只要些新意，不可太高遠。」這裡所謂的「大詞」、「小詞」，其實指的就是歌詞內容的篇幅，篇幅較大者，稱為大詞，較小的則稱為小詞。創作大詞時，因為內容較多，也講究起承轉合，起頭要起得好，中間則要有適當的鋪敘，「過處要清新」則是指兩片之間在承接時，要能「有點黏又不會太黏」，不可以完全死扣在一起，看不出段落感，但也不能過於分成兩半，使一首詞變得好像兩首詞一樣，最後，結尾非常重要，才能使詞有餘味供人咀嚼。此外，像篇幅大的詞，在創作時也要注意，鋪敘時不要把話說得太過明白，否則就沒有想像空間，而無餘韻。

至於小詞，則重在有無新意，但不適合寫意境過於高遠的內容，這也就是我們前面所說的，小令適合寫較為片段的情感。然而，我們只能從沈義父所提出的創作方法，約略知道他所謂的大、小詞是篇幅的差別，可是到底多大能稱之為大詞，多小該稱之為小詞，他沒有進一步說明，到明代才有人就字數更細分為小令、中調、長調。所以逐漸的，也就有人把這兩種分法混在一起，小令稱之為小詞，長調稱之為大詞，至於中調，宋代沒有這種概念，是明代以後才又分出來的一種類別。

七、作詞有哪些忌諱？

詞是一種配合音樂的文學，為了能與旋律和諧、好唱，就會特別注重平仄。而詞通常分兩片，有時會分到三、四片，所以章法結構上也必須有一定的安排，內容才不會零亂破碎。另外，詞的句子字數有很多變化，每種字數的句子也有其節奏，不可任意更改。所以，作詞其實不容易，甚至可能比作詩還複雜，但是，若把握了作詞時該避諱的問題，還是可以作出一首好詞。

若以詞的章法結構來說，最好能夠先安排各片所要表達的東西，例如上片寫景，下片寫情，當然也可以反過來，最忌諱東拼西湊，毫無脈絡和條理。同時，雖然各片之間要能夠段落分明，但仍要有一定的關聯性，否則一首詞截然分成兩種內容而不連貫，也是不妥當的。

古人填詞時，因為還有音樂，所以能夠「倚聲填詞」，根據旋律給予適當的歌詞。假如詞的抑揚頓挫與樂曲旋律差太大的話，不僅不容易讓聽者明白歌詞內容，對唱歌的歌者也是一種負擔，所以不協音律是填詞的一大忌諱，像蘇軾的詞內容雖好，填詞時卻較不注重音律，這點就常為當時的人所詬病。因此，在當時的音樂已不得而知的今天，想要填詞的話，最好要根據詞譜，像萬樹的《詞律》或《康熙詞譜》都可以做為參考，盡量依據他們所列出的平仄去填適當的字詞，那麼即便現在已不能唱，至少在唸的時候，還能保有一點音律性，會較為悅耳。而押韻的部分，每個詞牌也會規定哪幾句要押韻、韻的平仄是什麼等，也需注意，不能漏掉該押韻的地方。

此外，詞的每個句子也都有固定的句式，且每句的字數，從一到十個字都有，常見的句式有四言、五言、七言等。四言通常是上二下二，由兩個詞彙組成，例如「大江—東去」、「佳期—如夢」等。至於五言的句子可分為上一下四，如「沁園春」這個詞牌，每片的倒數第二句，就要使用這種句式，以辛棄疾的〈沁園春〉為例，就是「怕—君恩未許」；或者常見的上二下三，如「明月—幾時有」；也有上三下二的，像「齊天樂」的最後一句就要用此種句式。至於七言的句式，也有分上一下六、上四下三、上二下五等，通常在詞譜上會標明出來，填詞的時候也要依據規定的句式才行。

由上可知，填詞要注意的地方很多，無論是內容還是格式，都有講究和規定，要先搞清楚這些忌諱，才能逐步做出好詞。

在現代，有辦法高歌宋詞嗎？

由於宋代的音樂在現代已不得而知，所以要完全用古代的旋律來唱詞，幾乎是不可能的事情。但是現在仍有學者致力於搜羅宋代樂譜的相關資料，再根據平仄、歌詞內容，加以改寫成現代音樂用的簡譜。成功大學的李勉教授，就做了這樣的考證功夫，並將相關的音樂、簡譜，置於「網路展書讀」這個網站。雖然目前不是所有的曲調都考訂出來，但至少能讓喜愛宋詞的人們，感受一下宋代人是怎麼唱詞的。

但古調的考證很費功夫，除此之外，還有其他方法可以唱宋詞嗎？其實很簡單，就是另創新的曲調即可。最有名的例子，大概就是由梁弘志作曲，鄧麗君演唱的〈但願人長久〉，這首歌是完全以蘇軾的〈水調歌頭．丙辰中秋，歡飲達旦，大醉。作此篇，兼懷子由〉為歌詞，再譜以新曲去唱的，後來張學友和王菲也唱過，各有不同的味道。此外，也有取宋詞為歌詞，再加上新的歌詞，譜上新樂曲的，如周杰倫作曲，伊能靜演唱的〈念奴嬌〉，就把蘇軾的〈念奴嬌．赤壁懷古〉與毛澤東的〈沁園春．雪〉，放進歌詞中，然後加上一些新的歌詞，曲風也相當現代化。

我們姑且不論這樣的改編是否還留有古意，因為畢竟每個時代的流行歌曲各有不同的面貌，但蘇軾的詞，至今仍然被視為經典，且被用於流行歌曲中，就表示其價值是歷久不衰的。若蘇軾泉下有知，大概也沒想到，當年他所寫的歌詞，就算在近千年後的流行歌壇，也還是可以傳唱的吧！這大概也是宋詞可以「雅俗共賞」的新解釋了。

八、為什麼男性詞人常用女性角度寫詞？

清代有位詞論家田同之，在《西圃詞說・詩詞之辨》中說：「若詞則男子而作閨音，其寫景也，忽發離別之悲。詠物也，全寓棄捐之恨。無其事，有其情，令讀者魂絕色飛，所謂情生於文也。」指出了一個唐宋詞中普遍但奇特的現象：詞人明明都是男性，卻常用女性口吻，站在女性立場寫詞，好像角色扮演一樣。這個狀況在晚唐、五代與北宋的詞作中尤為常見，例如南唐著名詞人馮延巳，寫過一首〈長命女〉：

春日宴。綠酒一杯歌一遍。再拜陳三願。一願郎君千歲，二願妾身常健。

三願如同梁上燕。歲歲長相見。

這首詞的口氣，好像是一個女孩子在對自己心愛的人，訴說心中想和他長長久久的願望。或者是歐陽修的〈蝶戀花〉：

庭院深深深幾許。楊柳堆煙，簾幕無重數。玉勒雕鞍遊冶處。樓高不見章臺路。

雨橫風狂三月暮。門掩黃昏，無計留春住。淚眼問花花不語。亂紅飛過鞦韆去。

寫的是一個女子的閨怨，這兩首詞的作者都是男性，卻用女性的方式說話，以女性立場寫詞，像這樣「男子作閨音」的現象，和當時的宴會文化有很大的關係。

詞是配合音樂而唱的歌詞，一開始流行於民間，但後來也逐漸流行於文人之間，做為歌筵酒席中的娛樂，這時往往由文人配合樂曲來填詞，再交給歌妓來唱。例如，收錄了許多五代詞的《花間集》（可說是最早的文人詞集），其序言就記載了當時的宴會狀況：「則有綺筵公子，繡幌佳人，遞葉葉之花牋，文抽麗錦，舉纖纖之玉指，拍按香檀。不無清絕之辭，用助嬌嬈之態。」意思就是富家子弟或讀書人的宴會上，他們把歌詞寫在一頁頁的花箋上，交給美麗的歌女唱，唱歌時搭配著檀板敲出的節拍，再加上歌妓清麗的歌喉，和嬌嬈的姿態，我們可以想見那是一種旖旎的風光。歌既然是給美麗的歌妓唱的，詞的內容當然也要適合她們，所以，詞人就需站在她們的立場，模仿她們的口吻作詞；即便沒有，也會去描寫女子的容貌、才華，並常與戀情有關，總之題材都是圍繞在女性身上。畢竟，若讓一個嬌滴滴的女孩子，唱出雄壯的軍歌，反差實在太大，在那樣的場合中也不適合。因此，這類寫給歌女唱的歌詞，多半都會從她們的角度去寫。

有趣的是，南宋王灼的《碧雞漫志》中說：「古人善歌得名，不擇男女。……今人獨重女音，不復問能否。而士大夫所作歌詞，亦尚婉媚，古意盡矣。」這段話如用現代一點的方式來解釋，就是古時候只要善於唱歌，男歌手女歌手都好，像《碧雞漫志》

也記載了戰國時代的秦青、薛談，漢朝的虞公、李延年，唐朝的高玲瓏、李龜年等，都是著名男歌手。可是晚唐五代以後，卻多是女歌手的天下，因為當時的人比較喜歡女歌手，那詞人所作之詞，當然也就要以這些女性為主了，而我們常說詞是「婉約」、「婉媚」的原因也在此。

此外，現代流行歌曲中也是有男性用女性口吻作詞的，像鄭進一作詞的〈家後〉，寫出傳統女性對丈夫的愛，以及那單純的幸福，再經由天后江蕙美好的歌聲詮釋，成了膾炙人口的經典歌曲，與我們前面介紹的情形有異曲同工之妙。

延伸知識

「男子作閨音」背後的深意

男性文人用女性口吻或立場寫作，其實不是從詞才開始的，早從屈原的〈離騷〉開始就有：「眾女嫉余之蛾眉兮，謠諑謂余以善淫。」這兩句話看似有女子的口吻，意思是說有許多女子嫉妒我，只因為我的容貌、眉毛，比她們更美好，於是造謠毀謗我。在這裡，屈原為什麼要這樣說呢？如果我們把這兩句話和他的生平、忠君愛國的情操結合來看的話，便會知道這兩句話是一種比喻，屈原把自己這個忠臣比喻成美女，其他善於毀謗的奸臣則是那些嫉妒他的女子，而後「蛾眉」也變成一種美好才德的象徵。這種手法我們稱之為「比興」，意指使用某種比喻，但這種比喻的背後又有某種寄託，像屈原的比喻，背後就寄託了他高潔的心志。之後，有許多詩人、詞人繼承這種「比興」手法，透過把自己比喻成女子，或者藉由描述一個女子，來寄託他不方便說出口的心意。

所以，我們可以知道，「男子作閨音」出現在晚唐到北宋的詞裡時，大多是因為要寫給歌女唱的，但出現在詩歌中時，多是想表達自己的政治寄託或懷才不遇，只是有時直接說出來會過於敏感，只好藉由這種委婉的方式來抒發。這類作品很多，後來的詞裡也會出現，不過，也不是所有「男子作閨音」背後都有深意，我們還是要小心別過分的解讀了。

九、詞為何會在宋代興盛起來？

清代文人潘德輿說：「詞濫觴於唐，暢於五代，而意格之閎深曲摯，則莫盛於北宋。詞之有北宋，猶詩之有盛唐。」意指詞發端於唐代，在五代時茁壯，到北宋則大放異彩，猶如盛唐時的詩歌，具有高度的成就。這段話簡單扼要地解釋了詞從唐到宋的發展，也能說明為何今天我們一提起詞，大多都會先想到「宋詞」，而不是「五代詞」或「清詞」，就好像一講到詩，我們也都會先想到「唐詩」一樣。但其實，不是只有宋代的人才作詞，唐代的人才作詩，其他各朝代的文人，也多有作詩、作詞的，可是因為「唐朝之詩」、「宋朝之詞」的藝術成就最高、最有代表性，久而久之，我們也就習慣這樣去連結在一起了。

一種文學會在某個時代興盛起來，背後都有許多原因，詞在宋代興盛，大約有兩個原因。第一個原因就如前一段所說的，是經過了唐、五代的孕育和成長。隨著愈來愈多文人投入進行創作，他們逐漸摸索出一套填詞的方式，到北宋時正好成熟到一個階段。之後又有許多南宋詞人，繼續探索出更有創意的方式，才能造就出這麼多精彩的作品。當然，唐、五代的詞並非沒有佳作，只是相較之下，宋詞的題材、風格和主題更為豐富、深刻。

第二個原因，就要從宋太祖趙匡胤說起了。根據《續資治通鑑》的記載，宋代初建，趙匡胤擔心五代這種混亂的局面，無法從根本去平息，就和趙普商量對策。趙普認為，唐末以來之所以會一直混亂，是因為節度使擁兵自重，導致君弱臣強，所以最好能把武將們的兵權削弱，使他們沒有勢力造反，天下才會真正安定。於是，趙匡胤設計了一場「杯酒釋兵權」的宴席，還對這些武將們說：「爾曹何不釋去兵權，出守大藩，擇便好田宅市之，為子孫立永遠不可動之業，多置歌兒舞女，日飲酒相懽以終其天年。」勸武將們不要再這麼辛苦了，好好享樂便是，甚至還鼓勵朝臣武將們蓄養家妓，為的就是讓武將們轉移心思。此後，宴饗風氣大開，音樂和歌詞的需求增加，在這樣的背景下，當然成為詞興盛的重要原因。甚至，如果翻開《全宋詞》，會發現不少宋代皇帝有作過詞，也有人因為詞作得好而被提攜的，例如《武林舊事》曾記載：「一日，御舟經斷橋，橋旁有小酒肆，頗雅潔，中飾素屏風，書〈風入松〉一詞於上，光堯（高宗尊號）駐目稱賞久之，宣問何人所作，乃太學生俞國寶醉筆也……上笑曰此詞甚好……即日命解褐云。」意指在淳熙年間，當時的太上皇高宗乘船遊西湖，在一間酒館的屏風上看到一首〈風入松〉，非常欣賞，詢問之後，得知是太學生俞國寶所作，高宗稍改了最後一句，並賜給俞國寶官職。由此可知，由於時代安定承平，都市、經濟繁榮，加上君主也喜愛，所以宋代成了詞的全盛時期。

宋代蓄家妓之風

宋代歌妓非常多，也有一定的制度。當時歌妓主要可分為三種：官妓、市妓（又稱市井妓）、家妓。官妓由各級官府管理，官員如果要辦公宴，便可請官妓，但有規定官妓只「賣藝不賣身」，因此官員與官妓之間，是不可以有男女關係的，如果被發現有私，都會受到一定的懲罰；市妓則是民間有入樂籍的妓女，服務對象主要是民眾或一般文人，像知名的李師師便是；至於家妓，則是私人蓄養的歌妓，通常是官員或社會階級比較上層的人，才會在家中蓄養家妓，設宴時，往往由這些家妓表演助興，且沒有規定家妓不得和男主人有男女關係，所以家妓的地位也很特別，大約是介於婢女和妾之間。

蓄養家妓從北宋開始流行，一方面是受到趙匡胤的鼓勵，此後就蔚為風氣，像歐陽修、寇準、蘇軾等人都有家妓。而《東京夢華錄》中也說：「諸幕次中，家妓競奏新聲，與山棚露臺上下，樂聲鼎沸。」這裡呈現出當時節慶的熱鬧與家妓之眾多，可見當時蓄養家妓確實非常流行。

當然，如果用今天的眼光來看，這樣的風氣似乎不可取，但在當時既有政治因素，大家也都習以為常了，我們不妨就當作是一種歷史現象來看待吧！

十、詞流行時，也有歌本嗎？

現在如果到有歌手駐唱的餐廳或酒吧，會看見有的歌手面前，放著一本歌本，這種歌本其實就是歌譜，上面有數字簡譜及歌詞，好讓歌手知道可選什麼歌，以及歌詞和旋律怎麼唱，私下練習歌曲時也會用到。而歌本不是現代才有，早在詞流行的時期，就有類似的歌本了，只是唱歌的人都是當時的歌妓，所以多是歌妓在使用，格式與分類也有一點不同，但功用是一樣的。

現代歌本中，最常見的大概是專門集結流行歌曲的，但也有老歌、民謠歌本等。而詞盛行時的歌本，也多以收錄當時的流行歌曲為主，並在編排時有兩種不同的方式，一種是以音樂為主，按宮調進行編排，例如宋時流傳在民間的歌本《金奩集》，或者柳永的《樂章集》等。宮調是指樂曲的音調，周代以前，已有宮、商、角、徵、羽五聲，後來又發展出變宮、變徵兩聲，總共七聲，和西洋簡譜中七個音階的概念是一樣的。其中，以宮聲為調的稱為「宮」，其他聲為調的則統稱為「調」，合稱為「宮調」。不同的宮調會有不同的音樂風格，以便歌妓選唱。通常較早期的歌本都是這種形式，歌妓可以看當時流行哪種音樂，或因應需求，選擇適合的來唱。

另一種歌本則是以歌詞內容分類，例如南宋時編的《草堂詩餘》，先分小令、中調、長調，再分春、夏、秋、冬四景，或是按照節序、天文、地理、人物等分類，每一類下面又再細分。歌妓可以根據實際需要、不同場合應景而唱，讓選歌更加便利。

現代人上KTV唱歌時，不用背下歌詞，因為電視螢幕上的歌曲MV中就有歌詞，甚至連旋律都不一定要記下，因為還有導唱功能。但對於需要駐唱的歌手就不是這麼方便了，且流行歌曲總是推陳出新，要歌手背下所有歌曲，總有難度。而古代歌曲的流傳，不像今天這麼方便迅速，多是靠傳唱與歌本，加上要歌妓背下所有的歌詞也不太可能，所以附有宮調、歌詞的歌本，對歌妓來說是很重要的。尤其在音樂佚失的今天，這些歌本起了保存歌詞的作用，也讓我們能從像《草堂詩餘》這樣的作品中，看出當時流行音樂的某些趨勢，例如其中被選進的作品，最多的是周邦彥，再來是秦觀、蘇軾、柳永等，也有歐陽修、辛棄疾等人的詞作。詞作的編選，當然有些編者的喜好在其中，但仍可見這些歌曲在南宋還是受到歡迎的。

當時的歌妓除了從歌本中選歌之外，還有別的歌曲來源。例如在宴會中，歌妓會唱主人或客人曾作過的詞，甚至，也常有在宴會時當場作詞給歌妓即興演唱的，這讓主人或客人都能有表現的機會，得意之餘，宴會的氣氛自然就更熱鬧、開心了。除此之外，歌妓也會向有名的詞人要求，希望詞人替她們作詞，例如當時很受歡迎的詞人柳永，就常有歌妓向他索詞；反過來，如果有人希望自己的文才受到注目，也會自己作詞給歌妓唱，希望借由歌妓傳播出去，或在有重要人士的場合中歌唱，以期受到賞識。

延伸知識

為什麼早期的詞，經常不確定作者是誰？

在詞發展的早期，有些文人其實不大注重自己寫過的詞，這是因為歌詞都是在筵席間傳唱，又被視為「小道」，所以文人並不像對詩那樣的重視其保存，也不認為這些作品有太大的價值，於是多不收錄於自己的文集中。由於歌詞沒有被寫定，傳唱的過程中，難免會弄錯作者，即便後來有些詞被刊載出版了，出版者也多沒有去認真考證，結果就造成了某些詞作誤記了作者的名字，或誤收到其他作者的詞集中，也就是出現所謂「互見」的情況。像馮延巳、歐陽修、晏殊三人的詞，因為寫作風格有某種程度上的相似，就很常被弄混，例如，〈蝶戀花〉（南雁依稀迴側陣），作者就有歐陽修或晏殊兩種說法；〈鵲踏枝〉（誰道閒情拋擲久），也有馮延巳或歐陽修的詞集都收錄的情形。而之所以會這樣，追根究底，就是因為作者本身不重視自己的詞作，因此也未加以整理的關係。

除了作者說法不一，早期的詞也會出現作者不明的狀況；又或者，因為傳唱過程中，歌妓常是隨手抄錄、背誦歌詞，但萬一抄錯、背錯了，自然也就唱錯，久而久之，有些詞就出現了版本上的出入。到了南宋，有時也還會有以上這些狀況，但隨著詞愈來愈受到重視，已逐漸改善。

十一、詞人如何用和韻、用韻、次韻來互相唱和？

「和韻」、「用韻」、「次韻」等唱和，可以說是一種文人間的風雅活動，也像是在比賽誰的文采好。要了解這些是什麼，可先來看明代吳喬在〈答萬季埜詩問〉中說的：「和詩之體不一，意如答問而不同韻者，謂之和詩；同其韻而不同其字者，謂之和韻；用其韻而次第不同者，謂之用韻；依其次第者，謂之步韻（亦稱次韻）。步韻最困人，如相毆而自縶手足也。蓋心思為韻所束，而命意布局，最難照顧。今人不及古人，大半以此。」吳喬認為，一個人寫了一首詩，另一人再寫詩呼應其詩，叫作「和詩」，這種方式主要是應和詩意為主，好像一搭一唱或一問一答；但和韻的話，則是相和時押韻要押同一個韻部的字；而用韻，則是指所押的韻要跟所和之詩用相同的韻字，不過次序可以改變；至於次韻，是最難的，不只押韻的韻字要完全相同，次序也不可以改變，吳喬形容這種方式是「自縶手足」，也就是把自己的手腳捆綁起來之意，表示這種寫詩方式限制太多，比較沒有自行發揮的餘地。此外，不論是哪種唱和方式，內容都是要有所呼應的。

以上這些方式本來是作詩時才有，後來也被拿來作詞，尤其是蘇軾、黃庭堅以後。不過，可能因為詞的韻腳位置較固定，「次韻」的方式反而在宋詞中最為常見，當詞人在詞序中註明「和韻」或「用韻」時，大多也是指「次韻」。這種文人間的風雅活動，有時出現在應酬場合中；也有某詞因為作得不錯，所以又有人再作詞相和、追和。有些詞人會在詞序中寫明「用……韻」、「……席間和韻」、「次韻……」等，就是這個原因。這類的例子眾多，無法一一列舉，在這裡我們就簡單舉兩個有名的例子。首先，和意詞在宋代雖不如次韻詞普遍，但卻有一首很有名的作品，就是陸游的〈釵頭鳳〉：

紅酥手。黃縢酒。滿城春色宮牆柳。東風惡。歡情薄。一懷愁緒，幾年離索。錯錯錯。
春如舊。人空瘦。淚痕紅浥鮫綃透。桃花落。閒池閣。山盟雖在，錦書難託。莫莫莫。

這是寫給他的前妻唐琬看的，表示出對兩人當年分離的遺憾，而唐琬看了之後，也作一首〈釵頭鳳〉應和陸游：

世情薄。人情惡。雨送黃昏花易落。曉風乾。淚痕殘。欲箋心事，獨語斜闌。難難難。

人成各。今非昨。病魂嘗似秋千索。角聲寒。夜闌珊。怕人尋問，咽淚裝歡。瞞瞞瞞。

由這兩首詞可見，和意詞不須用相同的韻，但其所用的詞牌多半是要一樣的，並在詞意上有互相呼應。

再看次韻之例，北宋章質夫曾作一首〈水龍吟〉：

燕忙鶯懶花殘，正堤上、柳花飄墜。輕飛亂舞，點畫青林，全無才思。閒趁遊絲，靜臨深院，日長門閉。傍珠簾散漫，垂垂欲下，依前被，風扶起。蘭帳玉人睡覺，怪春衣、雪霑瓊綴。繡牀旋滿，香毬無數，才圓卻碎。時見蜂兒，仰粘輕粉，魚吹池水。望章臺路杳，金鞍遊蕩，有盈盈淚。

這首詞以詠楊花為主題，蘇軾接著便作〈水龍吟．次韻章質夫楊花詞〉：

似花還似非花，也無人惜從教墜。拋家傍路，思量卻是，無情有思。縈損柔腸，困酣嬌眼，欲開還閉。夢隨風萬里，尋郎去處，又還被、鶯呼起。不恨此花飛盡，恨西園、落紅難綴。曉來雨過，遺蹤何在，一池萍碎。春色三分，二分塵土，一分流水。細看來，不是楊花。點點是、離人淚。

這兩首詞的韻腳是「墜、思、閉、起、綴、碎、水、淚」（古時候這幾個字是有押韻的），且次序完全一樣，屬於次韻。有趣的是，前面我們說次韻最難，不僅作法上先天就有限制，大多也難以超越原作，但大文豪蘇軾所寫的這首詞，卻被認為是超越了章質夫。如王國維在《人間詞話》中說：「東坡〈水龍吟〉詠楊花，和韻（王國維此處也是指「次韻」）而似原唱；章質夫詞，原唱而似和韻。」其實章質夫這首詞已寫得不錯，當時曾流傳一時，但蘇軾還能超越，實在相當難得。

延伸知識

歷史上被追和最多次的詞作

一首好詞，往往會引來詞人的好友跟著相和，再與原作相互交流；或流傳出去後，有人喜愛，便也作詞相和；甚至，詞人也可以作了一首詞後，再作另一首詞自和。宋代以後，有些經典的詞作依舊膾炙人口，使得後人也跟著追和。據王兆鵬等人所著的《宋詞排行榜》統計，蘇軾的〈念奴嬌．赤壁懷古〉在南宋與金時期被追和了二十三次，元、明被追和六十四次，清代則被追和四十六次，總計一百三十三次，是所有宋詞中，追和次數最高的一首。連南宋大詞人辛棄疾，都曾作〈念奴嬌．用東坡赤壁韻〉次韻此詞，可見這首〈念奴嬌．赤壁懷古〉造成的影響有多大。

十二、詞人為什麼愛傷春悲秋？

古往今來的藝術家，都善於觀察周遭的人事物，並用他們易感的心，去感受、體驗這其中的變化，再表現出來。在中國，古代的自然景觀豐富多樣，且許多地方有著明顯的季節交替，春夏的生機蓬勃與秋冬的萬物凋零，看在善感的詞人眼中，自然能引發許多感觸，尤其是景色變化最大的春天和秋天。

春、秋所能引發的情感，常常有兩種。一種是當心情和悅時，看到的會是季節美好的那一面，自然會寫春日和煦與秋高氣爽的景致；但當心情沉重時，季節中美好的一面，反而成了心境上不堪的對比，尤其是暮春的花落、秋末的萬物凋零，容易引起愁緒，令人有「美好的事物逐漸逝去」的感傷。所以，詞人傷春悲秋的情懷，往往不只是表面上的，通常會有更深一層的意涵和比喻，而形成了詞中一種特殊的主題。

在詞體中，傷春常和女性的相思有關。當女子和心愛的人分離時，春天這麼美好的季節，反而令人觸景傷情，一是美好的時光無法與戀人共度，二是看到花開花落，便令人感傷青春易逝，年華老去。而因為詞一開始多是寫給歌女唱的，所以文人模擬女子傷春口吻的作品也很常見。

此外，還有另一種傷春情懷，則是詞人自身對於人生的體會，或將春天當作某種象徵。例如晏殊的兩首〈浣溪沙〉：「無可奈何花落去，似曾相似燕歸來，小園香徑獨徘徊」、「滿目山河空念遠，落花風雨更傷春，不如憐取眼前人」，都有一種對於生命本質的思考。而辛棄疾的〈摸魚兒．淳熙己亥，自湖北漕移湖南，同官王正之置酒小山亭，為賦〉：「更能消、幾番風雨。匆匆春又歸去。惜春長恨花開早，何況落紅無數。春且住。見說道、天涯芳草迷歸路。怨春不語。算只有殷勤，畫簷蛛網，盡日惹飛絮。」則是把快要結束的春天，比擬為南宋岌岌可危的國勢，所以他的傷春，其實也是憂傷國家，兼及自己的懷才不遇。到了宋末元初，也有位名叫劉辰翁的詞人，在他的傷春詞中，把春天比喻為滅亡的南宋，如〈蘭陵王．丙子送春〉：「春去。最誰苦。但箭雁沉邊，梁燕無主。杜鵑聲裡長門暮。想玉樹凋土，淚盤如露。」傷春就成了對故國的哀悼與懷念。

至於悲秋，與女性的關聯就比較少了，較多的是男性用來比喻自己不受重用。《楚辭》的作者之一宋玉，曾寫過〈九辯〉，詩中藉著悲秋傷感生命終會流逝，如果在有限的生命中無法施展抱負、獲得賞識，那是多悲哀的事情。這個悲秋所象徵的內涵，逐漸被後來的文人所沿用，像柳永的羈旅詞中，就有透過悲秋來寫他的失意和人生無成之慨的。

事實上，如果放眼整個中國文學，會發現不只是詞人愛傷春悲秋，詩、賦中也常有這類主題，並多與上面所介紹的情形類似，形成中國文學中一種特殊的傳統，而詞雖然一開始多為歌筵酒席中娛賓遣興之用，但進入了文人手中，文人逐漸將他們常接觸到的主題帶入詞中，也是自然而然的事情。

延伸知識

宋代的節令詞

季節會勾起詞人的感觸，節日也一樣，無論是在節日時享受良辰美景，與親友同歡，還是孤獨冷清的過節，感嘆好景不常在，都能引發寫詞的動機。而在中國，有幾個特別重要的節日，如過年、元宵、端午、七夕、中秋、重陽等，都常有詞人吟詠作詞，其中又以元宵節的詞作最多，像歐陽修的〈生查子．元夕〉、辛棄疾〈青玉案．元夕〉等，都是有名的作品。這類寫元宵佳節的詞，除了寫作者自身的感受之外，也會寫燈會中五彩繽紛的花燈、遊玩遣興的人們，很是熱鬧。

詞中原本就多以情愛為主題，那浪漫的七夕，自然也成為描寫的對象。宋代的七夕特別熱鬧，常常從七月初一就開始準備過節了，至於牛郎與織女的故事，更是吟詠七夕時的一個重點。像柳永的〈二郎神〉（炎光謝），就描寫了七夕時女子乞巧的習俗；蘇軾的〈菩薩蠻．七夕〉則寫牛郎織女終有一年一度相會的日子，人間的愛情卻總有不確定性，分開了也不知何時才能相聚，所以想必他們是不會羨慕人間的；而秦觀的〈鵲橋仙〉，更是藉牛郎織女的故事，點出了一個愛情的道理：雖然是長久的離別，但只要兩情長久，總比朝夕相處卻平淡生厭的感情要好，這首詞被視為千古絕唱，是七夕作品中最有新意的。

節令詞通常可以讓讀者認識宋代節慶的習俗與情況，有時因為節慶的觸發，又能使詞人寫出好的作品來，所以在宋詞中，也是很有價值的。

十三、詩、詞、曲的差別是什麼？

詩、詞、曲這三種文體，是中國文學韻文中的三大瑰寶，且各有不同的規定與風格。我們有必要明白一下這三者的差異，才能更加了解詞。但這裡要比較的曲，是專指散曲，不含雜劇，因為雜劇還包含了動作、對白等，形式截然不同，和詩、詞進行比較是沒有意義的，而散曲的形式和詞比較相像，可以了解一下如何區分它們。

若只從表面上看，詩與詞、曲的差異較大，因為詩多為齊言的形式，而詞、曲因為是長短句交錯，所以看起來比較像。若從本質上來說，詩未必要配合音樂，但詞、曲則一定要。

再來更細部的從格律上來說，詩有分古體詩和近體詩，古體詩不講究平仄，也多半不固定句數和字數，有時會有長短句交雜的雜言體；近體詩則有固定的字數和句數，沒有長短句，也講究平仄及韻腳。但詞是包含了古體詩雜言的形式，也包含了近體詩所講究的平仄和韻腳。至於曲，形式比詞來得自由，字數較不固定，有時連句子都可以增加。此外，曲經常使用襯字，就是在原本的曲牌中規定的字數外，基於讓語氣或語意更完整、增添聲音情感等原因，可隨意增加一些字，讓歌詞的內容聽起來更為活潑、淺白，唱的時候，這些字通常都是輕輕帶過的。這些襯字可以隨意增加，甚至有過襯字比歌詞本身要來得多的作品。有些曲牌是延續了詞牌，內容格式幾乎一樣，例如「念奴嬌」，這時就可以用有無襯字來分辨到底是詞還是曲。但要注意的是，曲的字數或句子可以增加，是就其曲牌本來的正字而言，襯字是不算在內的。

再從音律上說，近體詩不論五言、七言、絕句、律詩，都有固定的平仄，而詞也有固定的平仄，但其固定的平仄是根據詞牌不同而有所變化的，所以不像近體詩單純。這一點，曲也是一樣的，每個曲牌也會有規定的平仄，而且比詩、詞更加嚴格。

最後，就詩、詞、曲整體的風格而言，清代李東琪曾概括的說：「詩莊詞媚曲俗。」詩，適合言志，古人多半拿來寫比較嚴肅的議題，如自己的政治抱負、人生志向、社會關懷等，所以是莊嚴的；而詞，多用於抒情，又常寫男女情感，相較起來是較為女性化、嫵媚的；而曲，題材博雜，語言也是最為白話的，雖然詩、詞有時也會用方言、俗語等，可是都不及曲來得多，所以也比較淺顯易懂，因此通俗。

經過比較，我們可以得知，詩、詞、曲三者，有相同類似之處，也有許多不同之處，由於三者又有發展上的先後以及相關性，所以又有人把詞稱為「詩餘」，曲稱為「詞餘」。

詞還有哪些別稱？

詞其實還有許多別稱，一般常見的是「樂府」，因為詞和樂府詩都是配樂而唱，所以就有人把詞稱為「樂府」，但其實這兩者有很大的不同。詞又可稱「長短句」，這是因為很多詞都是長短句的形式。詞還有前面提到過的「詩餘」這個別稱，除了因為詞與詩有發展上的關聯性以外，也是因為詞在一開始不被文人注重，視為「小道」，是寫詩之餘才去作的。這些別稱常見於詞人的詞集名，如《東坡樂府》就是蘇軾的詞集，《稼軒長短句》是辛棄疾的詞集；而《草堂詩餘》則是宋代的詞選，依據詞的主題將詞進行分類，方便歌妓在不同的場合中選唱合宜的歌詞。

詞還有比較特別的別稱，如「琴趣」或「琴趣外篇」。這個典故來自陶淵明，根據《晉書．陶潛傳》的記載，陶淵明不太懂音樂，但卻有一張沒有弦的琴，每與朋友聚會，就撫琴唱和，並說：「但識琴中趣，何勞弦上聲。」表示只要能理解琴本身的趣味，又何必用弦來發出聲音呢？後來「琴趣」就成了詞的別名。詞人的詞集也有以「琴趣」命名的，如《醉翁琴趣外篇》是歐陽修的詞集，《淮海琴趣》就是秦觀的詞集。

有時候，詞、曲也會有混稱的情況。例如唐代時，詞其實叫作「曲」，或者又稱「曲子詞」，而現在所謂的元曲，在元、明時又常被稱為「詞」，主要還是因為這兩種文體都和音樂有關，又都是歌詞，在發展上也有關係的緣故。其實，文體的演變與特色，都是自然而然發展出來的，一開始難免會有些混亂，或是在演變過程中產生一些新的觀念與意義，因此才會產生某些文體名稱混淆、出現別名等情況。有些人甚至認為詞的那些別稱不好，但這倒也無需過於追究，重要的還是能理解「詞」這個文體的真正內涵是什麼。

十四、什麼是「以詩為詞」？

「以詩為詞」，從字面上看，就是用寫詩的方式來寫詞，也可以說是把詞「詩化」了。這句話是蘇軾的學生陳師道說的：「子瞻（即蘇軾）以詩為詞。」因為最先開始大量用這種方式作詞的人，就是蘇軾。

詩和詞，原本是兩種不同的文學。在一般文人的心目中，詩的地位向來高高在上，因為它可以用來抒發懷抱與志向，可以寫各式各樣的題材。而詞，在最初發展時，是文人眼中的「小道」，因為詞多半出現在娛樂場合中，內容也多是風花雪月，可以娛情，卻無法拿來寫正經事。雖然，一些文人在填詞時，因為本身就有一定的文化水準，會內化在他的詞中，所以顯得比較高雅，就好像現代的流行歌曲中，也有歌詞寫的比較高雅或通俗之分，但總的來說，詞的內容與地位還是被限制住的。

張先與柳永開始較為大量的創作篇幅較長的詞，由於可寫的字數變多，內容也從抒發短小片面的情感，擴充到平鋪直敘一些事件，融敘事、寫景、抒情為一體，為詞的題材開拓出一條先路。但張、柳的詞，內容大多還是側重於男女感情，且柳永的詞太過流行，其中又有許多俗艷露骨的部分，這部分就受到了蘇軾的反對。可是，蘇軾卻很欣賞柳永在羈旅詞中那種景物開闊的寫法，於是他取了柳永的長處，再對柳詞中太過豔情的部分採取反動，開始將豔情以外的題材帶入詞中。所以劉熙載說蘇軾是「無意不可入，無事不可言」的，蘇軾可以藉由寫詞，抒發人生感慨、道理、詠嘆歷史、悼念亡妻等，這些題材，在前人的作品中，幾乎是看不到的。

蘇軾這種創作方式，可以說不僅擴大了詞的題材，也把詞由「男子作閨音」這種為女性代言的立場，拉回到男子為自己發聲。他比前人更有自覺地這麼做，再加上他本身豁達的天性，使得蘇詞中有雄豪、曠放的一面，和傳統的詞，真的有很大的差別。陳師道在說蘇軾是「以詩為詞」之後，又說：「如教坊雷大使❶之舞，雖極天下之工，要非本色。」就是認為這種寫法，已脫離詞本來柔媚的樣貌。雖然這種方式不是所有人都認同，蘇軾也非完全不寫傳統的詞，但也不可否認，蘇詞中成就更大的，正是這類創新過後的詞。

此外，蘇軾作詞，已不再是為了音樂或娛樂而寫，有時候，他為了使文意有更好的表達，就不太重視歌詞與音樂是否配合得當。這種方式也是突破傳統，當然也遭來一些批評，例如李清照就批評這是「句讀不葺之詩」，可是，這種方式卻使得詞從一定要遷就音樂，轉變成獨立於音樂之外，因而更具有文學性了。

❶雷大使名叫雷中慶，是北宋有名的男性舞者。

總的來說，「以詩為詞」就是蘇軾走出來的另一條作詞之路，使詞變得可以像詩一樣，不只寫情感，而是什麼題材都可以寫，還能像詩一樣抒發志向與襟抱。詞的文學性增加了，地位提高了，這大概是詞史上最為重大的影響。

延伸知識

什麼是「以文為詞」？

「以文為詞」，就是將寫文章的技巧、方式，用來寫詞，在原理上，和「以詩為詞」是一樣的。

以文為詞也是從蘇軾發端的，他有幾首詞帶入了文章的寫法，但將之發揚光大的代表詞人則是辛棄疾。我們可以在辛詞中，看到文章中才會出現的對話、議論和句法，也會使用較為口語化的詞彙或俗話，所以看他的詞，有時就好像在看文章一樣，例如〈西江月．遣興〉：

醉裡且貪歡笑，要愁那得工夫。近來始覺古人書，信著全無是處。
昨夜松邊醉倒，問松我醉何如。只疑松動要來扶，以手推松曰去。

這首詞讀起來，很像是篇短文，尤其是下片，用對話方式呈現一個酒醉之人的醉態。如果我們把最後一句「以手推松曰去」，加上現代標點符號，就會成為：「以手推松曰：『去！』」也就更有散文的味道了。

除此之外，辛棄疾熟讀各種經史子集之書，所以裡面的典故，也常被他用來寫詞，這和用詩裡的典故來寫詞，又是不同的。雖然，「以文為詞」也會有些問題，例如少了許多意象、可聯想的地方，或者用典太晦澀，也會使得文意較難理解，可是總的來說，這種寫法影響了不少詞人，如陳亮、劉過、劉克莊等人。就和「以詩為詞」一樣，「以文為詞」又為詞的創作開闢出了新天地，所以，還是很有意義的。

十五、詞為何分為婉約和豪放兩派？這樣恰當嗎？

明朝張綖的《詩餘圖譜》曾說：「按詞體大略有二：一體婉約，一體豪放。婉約者欲其辭情醞藉，豪放者欲其氣象恢弘。蓋亦存乎其人，如秦少游（秦觀）之作，多是婉約；蘇子瞻（蘇軾）之作，多是豪放。」這是最早開始將詞分為婉約、豪放兩派的觀點，並說明了婉約的詞作就是要將情感藏在文字內，不過於外露，而豪放的詞作則是要氣勢磅礴外放。這個觀點一出，後來的人就逐漸將詞分為這兩派了。

但張綖為何要這麼說呢？其實，在蘇軾「以詩為詞」以後，確實使得詞有了很大的改變。詞從原本大多只用來寫風花雪月，轉變成可以寫其他的題材，並且可書寫男性自己的心情。所以，原本只適合給歌女唱的內容，也因為這些情形，開始適合讓男性唱。詞不再只是女性的代言體，而是可以作「男子之音」，風格自然也就偏向陽剛，不再婉約柔媚，例如蘇軾曾寫過的〈念奴嬌．赤壁懷古〉。所以俞文豹《吹劍錄外集．吹劍續錄》就記載：

東坡在玉堂，有幕士善謳（唱歌），因問：「我詞比柳詞何如？」對曰：「柳郎中詞，只好十七八女孩兒，執紅牙拍板，唱『楊柳岸、曉風殘月』；學士詞，須關西大漢，執鐵板，唱『大江東去』」。公為之絕倒。

這段話的意思是說，柳永的詞，適合年輕的女孩來唱，但像蘇軾〈念奴嬌・赤壁懷古〉這種詞，就只適合由雄壯的大漢來演唱，這自然也是因為詞的內容較為陽剛的緣故，所以不適合女歌手。

蘇軾以後，愈來愈多詞人開始作這類較為陽剛的詞，但與此同時，也有許多人發現，豪放的詞跟曲調會有「不合」之處，因為當時流行的曲調，大多還是適合婉約柔媚的內容，突然換上了豪放陽剛的詞，難免會有格格不入的情形，就好比我們將楊丞琳〈曖昧〉這樣輕柔緩慢的曲調，配上五月天〈入陣曲〉激昂的歌詞，一定會有違和之感。而如果要替豪放詞重新譜一個適合的曲子，又礙於會作曲的人其實比較少，所以很難實行，最後就變成豪放詞與曲調會有不協之處，甚或乾脆不配合音樂了。可是，詞本來就是配樂而歌的，因此也有詞人開始反對這種不合音律的情形，例如李清照，堅持詞還是要有自己的本色，不能違背傳統。

但是，蘇軾的這種特色已經逐漸流行開來了，雖然較不合樂，卻擴充了詞作的內容，否則詞可能會愈來愈僵化，沒有新意。愈來愈多詞人受到影響，其中最有名的就是辛棄疾，因此後來的詞壇就逐漸分成婉約、豪放兩派，互相爭鳴，各放異彩。但仍要注意的是，所謂豪放與婉約，其實是相對的，只是一種較為容易區分、凸顯宋詞兩大風格差別的方式，而且都是後來的人去區分的。嚴格說來，不是所有的詞都只能分為豪放、婉約兩種風格，像蘇軾雖為豪放派始祖，但他不只寫豪放之詞，也會寫婉約的詞，甚至有部分作品是「曠放」而非「豪放」。

延伸知識

蘇軾的「曠放詞」

前面說到，蘇軾有所謂的「曠放詞」，但曠放是什麼意思呢？其實就是心胸曠達，不受拘束之意。蘇軾歷經過許多挫折、逆境，可是他以一顆豁達的心和聰明的腦袋，去參悟道家、佛家思想，然後轉化成自己獨特而曠達的人生觀，再以此寫入詞中，自然使得詞作中有「曠放」的風格，這和辛棄疾那種豪氣直爽的豪放詞是不同的。

現在來看他的一首曠放詞〈定風波・三月七日，沙湖道中遇雨。雨具先去，同行皆狼狽，余獨不覺。已而遂晴，故作此詞〉：

莫聽穿林打葉聲。何妨吟嘯且徐行。竹杖芒鞋輕勝馬。誰怕。一蓑煙雨任平生。料峭春風吹酒醒。微冷。山頭斜照卻相迎。回首向來蕭瑟處，歸去。也無風雨也無晴。

此詞的創作背景，在詞序中就有交代，是被貶黃州後的某日，他到沙湖遊玩，碰上大雨，但手邊沒有雨具，因此大家都覺得狼狽，只有他不覺得，到天氣放晴後，便作了此詞。大意是說，不要聽那打在林葉上的雨聲，何不吟誦、長嘯著徐徐散步呢？竹杖與草鞋的輕便性勝過騎馬，無須害怕，就像穿著一身蓑衣任由風雨淋身，我這一生也任由困境而處變不驚。春風微寒吹醒了酒意，我感到微微寒意，山頭卻有斜陽在相迎，回頭看看來時遇到風雨的地方，歸去，無論好天氣還是壞天氣，都能超然面對，人生總是有好有壞，但不因此而影響心境。

從這首詞中，我們能感受到蘇軾對於人生的體悟和智慧，放掉得失心，曠達的面對各種情況，畢竟人生遭遇總是變化無窮也無法掌握，只有自己的心境，自己能夠控制。這樣體現蘇軾豁達人生觀的詞，便可稱之為曠放詞，與婉約、豪放都不同，是蘇詞的一大特色，也是其他詞人很難超越的。

十六、喜歡談情說愛的宋詞，能反映歷史嗎？

如果說到「詩史」，我們一定會馬上想到杜甫，因為他總是用詩來記錄他所經歷過的歷史事件，並寄予深刻的關心。但若說到「詞史」，恐怕就令人猶豫了，因為，詞在一開始，都是寫男女情感為多，雖然在蘇軾以後，更多其他的題材被寫入詞中，不過拿來記錄歷史的詞作，在北宋仍屬少數。然而，歷經靖康之難後，長期的宋金對峙及後來蒙古的入侵，使得一些文人受到時代背景的刺激，也開始將自己對於時局的所見所感，抒寫在詞作之中，因而能反映歷史的詞，也就增加了。

能反應歷史的詞作在北宋雖然不多，不過還是可以舉出幾個例子。好的一面就如柳永的某些詞作，描寫了北宋初年的太平繁華景象；還有許多詞人都寫節慶的詞，像新年、元宵、七夕、中秋等，這些詞可讓現代人知道，當時的節慶中有些什麼風俗。

相反的，也有詞作反映了不好的一面，而且多集中在靖康之難以後。例如宋欽宗有一首〈西江月〉，是寫於靖康之難被俘虜之後，詞中表現了他認為這次的國恥都是奸臣所害，且他與徽宗被擄之後，也沒見人積極地要解救他們，所以感嘆忠臣義士都不見了。還有趙彥端的〈江城子．上張帥〉，裡面記錄了南宋抗金大將張浚在淮西之戰中的戰爭實況。而到了南宋末年，由於國家狀況日漸趨下，也促使許多詞人寫下他們的感受，例如無名氏的〈沁園春．道過江南〉，寫下了南宋末年，戰亂頻仍，百姓生靈塗炭，朝中卻奸臣當道，不管百姓疾苦等情形；曹豳的〈西河．和王潛齋韻〉則哀嘆戰爭的殘酷景象；汪元量的〈水龍吟．淮河舟中夜聞宮人琴聲〉則記錄了宋少帝與全太后被蒙古兵押解入燕京，以及南宋的國土盡失、岌岌可危；徐君寶妻子的〈滿庭芳〉，也記錄了她被蒙古軍隊俘虜、受到凌辱，還有押解路途中所見飽經戰火摧殘的景象。所以，雖然沒有一位詞人，會像杜甫一樣，投注大量心力寫出很多反映歷史的作品，可是，喜歡談情說愛的宋詞，依舊是能反映出一些歷史的。

這些能反映歷史的詞，寫法也多有不同，例如辛棄疾的〈永遇樂．京口北固亭懷古〉、陳亮的〈念奴嬌．登多景樓〉等，擅長拿歷史上發生過的類似事件與現在的情形做對比，期望能從歷史中吸取教訓，再用以分析議論他們對於時局的看法，所以詞中典故用得很多，堪稱是精彩絕倫的議論詞。而如果我們對於杜甫的「朱門酒肉臭，路有凍死骨」印象深刻，那麼楊僉判的〈一剪梅〉也寫出了和杜甫一樣的感觸：

襄樊四載弄干戈。不見漁歌。不見樵歌。試問如今事若何。金也消磨。穀也消磨。
拓枝不用舞婆娑。醜也能多。惡也能多。朱門日日買朱娥。軍事如何。民事如何。

這首詞的上片，很白描的寫了南宋襄樊之戰時，民不聊生的狀況，下片則寫朝廷不顧國家，沉溺於聲色之中，像「朱門日日買朱娥」，便是很諷刺、寫實的。而此詞的風格，和辛、陳兩人就不相同，是直白的敘事詞。

所以，如果我們想看到宋朝的戰爭、朝廷的腐敗、奸臣的當道、民間的疾苦等，也一樣可以從詞裡看到，特別是南宋的詞作。這表示詞不僅可以像溫婉的女子、豪邁的壯士，也可能像好發議論的文人、憂心國事的臣民，是可以有多種面貌的。

延伸知識

宋詞還有哪些題材？

宋詞除了風花雪月、傷春悲秋、反映歷史之外，還有其他很特別的題材，比方說，佛法居然也可以入詞。像王安石的詞作雖然不多，卻有很多是講佛法的，如〈望江南〉：

歸依法，法法不思議。願我六根常寂靜，心如寶月映琉璃。了法更無疑。

這是個很奇特的現象，因為這種詞，跟其他詞比起來，就好像和尚與美女的對比一樣，但王安石會這樣寫，恐怕是想藉著流行的曲調來宣揚佛法，讓它更為流傳吧！這跟入圍二〇一四年金曲獎的團體「獅子吼」把佛經和 R&B 結合起來一樣，都是佛法和流行音樂的結合。

同樣可以拿來寫詞的，還有對長輩、朋友生日的祝賀，並趁機讚美一番對方的豐功偉業。像有位詞人叫魏了翁，就寫了很多祝壽詞。而詩可以詠物，詞自然也可以，於是就有了詠茶、酒、梅、竹、鳥、自然之景等詞。其他像旅遊的紀錄、人生的哲理、日常生活的瑣事……等，都可以拿來當成題材。或者，我們在另一個單元介紹的，一個人的罪狀、中藥的藥名，都可做為題材。只是，一來這些題材的詞，可能比較少人作，二來佳作也比較少，所以有名的不多，但這些作品確實也增添了許多實用性和新意。

十七、唐代有邊塞詩，宋代有邊塞詞嗎？

唐代有不少出色的邊塞詩，例如盧綸的〈塞下曲〉：「月黑雁飛高，單于夜遁逃。欲將輕騎逐，大雪滿弓刀」、王昌齡的〈出塞〉：「秦時明月漢時關，萬里長征人未還。但使龍城飛將在，不教胡馬度陰山」，還有李頎的〈古從軍行〉：「白日登山望烽火，黃昏飲馬傍交河。行人刁斗風沙暗，公主琵琶幽怨多……」等等，邊塞的人事物是唐詩中很常見的題材。那麼，喜歡談情說愛的詞，也有邊塞詞嗎？答案是有的，在唐、五代敦煌詞中，就已出現不少，而文人詞中，目前最有名的邊塞詞，還出現在蘇軾以詩為詞、開拓詞境之前，那就是范仲淹的〈漁家傲〉。

宋康定元年，范仲淹任陝西經略副使兼知延州（今陝西延安），主理對抗西夏的事務。延州是邊防要地，據魏泰《東軒筆記》記載，范仲淹到了這樣的邊塞地區後，曾作了好幾首〈漁家傲〉，都是以「塞下秋來」做為開頭，是他對於戰亂和邊地的景象、國家安危以及士兵們的辛苦，有著深深的感觸所寫下的，不過目前只留下這一首：

塞下秋來風景異。衡陽雁去無留意。四面邊聲連角起。千嶂裡。長煙落日孤城閉。

濁酒一杯家萬里。燕然未勒歸無計。羌管悠悠霜滿地。人不寐，將軍白髮征夫淚。

詞的開頭，就說明了自己對於邊塞異地感到陌生，范仲淹是蘇州人，自然覺得邊塞的秋天和家鄉的秋天有著很大的不同。而「衡陽雁」是指湖南衡陽有一座回雁峰，據說大雁飛到此地後，就不再繼續往南飛，而會在此過冬，等到春天才回去，所以後來又以「衡陽雁斷」、「衡陽雁去」比喻杳無音信之意❶。「衡陽雁去無留意」就是指南飛的雁子經過時，也不願多留，暗示了邊塞地區的荒涼。「四面邊聲連角起」，寫出邊地的緊張與肅殺之氣。「千嶂裡。長煙落日孤城閉。」則寫邊塞地區雖遼闊，但戍守的邊城卻是孤獨、封閉的，在這裡，詞人運用了對比，襯托出孤涼落寞之景。

上片道盡了荒涼，下片就轉寫自己在軍中的心情了。這些景物，加上離鄉背井，西夏與北宋的關係又緊張，詞人的心中當然感到孤苦無依。這裡沒有瓊漿玉液，只有混濁的酒，把酒思鄉，又想到「燕然未勒」——又作「勒石燕然」，典故是東漢的竇憲，他曾擊敗北單于，然後登上燕然山，把功績刻在石上，後來就變成了戰勝有功的比喻——但此時西夏之事還未平定，歸去自然遙遙無期，因此心情沉重。再聽到羌笛聲

---

❶蘇武在北海牧羊十九年，後來漢朝與匈奴達成和議時，希望匈奴將蘇武釋放，但單于卻騙說蘇武已死。之後漢朝的使者從當年擔任蘇武副使的常惠口中，得知蘇武還活著。常惠於是教漢朝的使者對單于說，漢朝皇帝在打獵時，射下一隻大雁，雁足上綁著一封書信，上面寫著蘇武仍在北方某處，單于無法反駁，只好將蘇武放還。後來，就以「雁足」、「雁帛」、「雁書」等詞，來比喻書信。

悠悠響起，見到北方的秋天霜滿地，更使人發愁而睡不著覺，他身為將軍為此白了頭髮，士兵們也留下了眼淚。詞到此就結束了，卻留給讀者無限淒涼的想像和唏噓。

延伸知識

歐陽修為何稱范仲淹為「窮塞主」？

在魏泰《東軒筆記》中提過，歐陽修曾評此詞是「窮塞主之詞」，所以後來作了一首較為「富麗堂皇」的〈漁家傲〉送人，裡面有「戰勝歸來飛捷奏。傾賀酒。玉階遙獻南山壽。」的句子。為何歐陽修要這樣說？這可分兩個部分來看，一是北宋初期，詞多半還是適合用在娛樂場合中，過於悲戚的情感容易掃興，因此歐陽修不認同。二是當時北宋雖有西夏的紛擾，但國內還是安定祥和的，加上重文輕武的政策，朝廷間有一種忌諱談兵的風氣，如果要談，也應該多寫些慶賀捷奏、歌功頌德的內容，像范仲淹此詞，歐陽修就認為缺少氣勢，也顯不出宋朝富貴昇平的聲威，顯得太「窮」。但范仲淹畢竟曾親身到達這些邊地，體會到軍人們的辛苦，觀感本就會不一樣，不可同日而語。

這首詞的價值，就如同前面說過的，它出現在蘇軾開拓詞境之前，所以在題材方面，其實是有所突破的，可以看成是蘇軾的先聲。而且這首詞將駐守邊塞的思鄉、愁苦之情表露無遺，某種程度上，仍然是保留了詞適合抒情的特色。在范仲淹之後，也有不少詞人寫過邊塞詞，由此更可以見得，詞能寫的東西是非常豐富多樣的。

十八、宋詞中的「二晏」指的是哪兩個人？

讀宋詞或相關知識時，有時會看到「二晏」這個詞，指的是北宋一對父子，也是有名的詞人——晏殊和晏幾道，又分別被稱為「大晏」、「小晏」。

晏殊，字叔同，從小就很聰明，《宋史》記載他七歲就能寫文章，後來以神童之名被舉薦到了宋真宗面前。真宗要他與一千多個進士一起殿試，結果晏殊表現不凡，真宗很是讚賞，就賜了同進士出身。過了兩天，真宗又出題考他，沒想到他說：「這個題目我曾經作過，請皇上再重新出一題。」因為晏殊的誠實，讓真宗更加欣賞他，往後便加以重用。

晏殊的詞風，是繼承南唐詞風而來，尤其是做過南唐宰相的馮延巳。在他的詞中，經常用比較平淡的語言，講出深刻的情感，並將感性與理性做了很好的融合。我們可以看到他在〈浣溪沙〉中的句子：「無可奈何花落去，似曾相似燕歸來，小園香徑獨徘徊。」呈現出一種他對生命不斷循環的體悟，同時更了解到生命總是孤獨的。而另一首〈浣溪沙〉：「滿目山河空念遠，落花風雨更傷春，不如憐取眼前人。」雖由登高來寫懷念某人的情思，再述及落花和風雨使人因傷春引起了傷心，可是，眼前的事實是無法改變的，春天再美好也會逝去，就像過去與那人在一起的時光，再怎麼美好，也已經不再了，所以，既然無法改變眼前的事實，何不「憐取眼前人」，回到現實中，把握並珍惜現在所擁有的。這兩首詞，都能反映出晏殊在抒發感情時，背後那種理性的、對人生道理的體悟，這也是他詞作的最大特色。

再說到晏幾道，他是晏殊的第七個兒子，也是最小的兒子，字叔原，號小山。晏幾道遺傳了父親寫詞的才華，也因為父親的關係，從小過的便是錦衣玉食的生活。但就在他十八歲那年，晏殊過世了，從此家道中落，而他又個性孤傲，不願意去求過去與晏殊交好的人們，也不喜歡官場中的勾心鬥角，所以一生只做過幾任小官，生活經常是很困頓的。

正因為曾歷經這樣的起落，他的詞作中經常會有對過往美好時光的追憶，例如這首膾炙人口的〈臨江仙〉：

> 夢後樓臺高鎖，酒醒簾幕低垂。去年春恨卻來時。落花人獨立，微雨燕雙飛。
> 記得小蘋初見，兩重心字羅衣。琵琶絃上說相思。當時明月在，曾照彩雲歸。

這首詞的大意是說，酒醉後從夢中醒來，見高樓緊鎖，簾幕低垂，想起去年春天的離恨，獨自站在紛紛的落花之中，微雨中見有燕子雙飛，在落花微雨、燕雙飛之景中，更顯出寂寞之情。還記得當時初見小蘋❶，她穿著有兩重心字圖案的衣裳，用琵琶訴說相思，而至今仍在的明月，當時曾照著她彷彿彩雲歸去的身影。這裡用易散的彩雲暗喻「好景不常在」，再用明月對比「物是人非」之感。整首詞意境淒涼動人，「落花人獨立，微雨燕雙飛」雖是借用五代詩人翁宏〈春殘〉詩裡的句子，但是與詞境融合得相當好，所以一直是名句。

二晏的詞風基本上是承襲五代的花間詞風，風格偏向婉約，但是晏幾道詞中所寫的對象，是確有其人的，不像以往詞人所寫的女子，是沒有固定對象，或者對象不明確的，因此感情更加深刻，也更加個人化，這是小晏詞的一種特色。

延伸知識

「詞中三李」指的是誰？

詞中三李指的是李白、李煜和李清照。李白和杜甫是唐詩的最高峰，成就斐然，相傳李白也寫詞，被稱為是「百代詞曲之祖」的〈憶秦娥〉（簫聲咽）、〈菩薩蠻〉（平林漠漠煙如織）這兩首詞，據說就是他寫的。但是，詞在初唐萌芽，盛唐才發展不久，而這兩首因為藝術性很高，很像是詞體發展成熟之後的作品，因此也常被懷疑作者其實不是李白。不過，這一直都沒有確切的答案。

至於李煜，堪稱「詞中之帝」，而李清照做為「詞中之后」亦當之無愧。這兩人的生平與詞作也有類似之處，他們都曾有過美好的時光，但後來遭逢巨變，詞作的內容、風格也因此有所改變。這三個人所處的時代，分別是詞開始發展的盛唐，各有所成的五代十國和北宋，走的又是傳統婉約詞風，因此就被並稱為「詞中三李」了。

❶晏幾道寫個人詞集《小山詞》的序時，曾說與他交好的沈廉叔、陳君龍家，有蓮、鴻、蘋、雲四個家妓，他們常設宴聚會，然後寫些詞給這些家妓唱，度過了一段美好的時光，這裡的「小蘋」就是其中一位家妓。

十九、晏殊那句「似曾相識燕歸來」怎麼來的？

前一個單元所提到的晏殊，在北宋初期，是個很重要的詞人。他有一首代表作〈浣溪紗〉，是這樣寫的：

一曲新詞酒一杯。去年天氣舊亭臺，夕陽西下幾時迴。
無可奈何花落去，似曾相識燕歸來，小園香徑獨徘徊。

其中「無可奈何花落去，似曾相似燕歸來」，是很有名的句子，但據說這兩句並非完全由晏殊寫出來的，而是由他與王琪一同完成的。王琪是揚州府江都縣尉，有一次，晏殊經過揚州，在大明寺停留，大明寺裡有一塊供文人詩客寫詩的詩版，晏殊發現裡面有一首詩寫得很好，打聽之下才知道是王琪所寫。於是晏殊請王琪來吃飯，吃完飯後，還一同到池邊散步聊天，聊到晏殊有個習慣，會將平時想到的好句寫在牆上，可是，有一句「無可奈何花落去」，他一直不知道下面要接什麼？王琪就說，何不接「似曾相似燕歸來」？這讓晏殊大為賞識，後來就把這兩個對句，寫在〈浣溪紗〉中，而王琪也獲得拔擢。

雖然，相傳這兩句不是晏殊獨力完成的，但仍不損這首詞的價值。上片的意思是說，一曲新歌詞配上一杯酒，而這天氣和亭臺卻和去年的舊日時光一樣。可是，雖然很多東西是每年、每天都會一樣，但也都不一樣，就像每天都有夕陽西下，但今天的太陽落下了，就不會再回頭了，明天還是有夕陽，但明天的夕陽並不是今天的夕陽。下片則說，年年都會花落，這是無可奈何的事，但也年年都會有舊時相識的燕子歸來，生命的起落總是在循環著，而我獨自在園裡的花徑中徘徊，有些徬徨，但也是對這些道理的思考。

這首詞表面寫得好像是傷春的情懷，卻蘊含著對生命的體悟。很多事情總會一再重複，但是每次的重複，都和上次不同；而每次的重複，有令人無奈的凋零，也有令人欣慰的再度重逢，萬事萬物，就是一直這樣的循環，卻又伴隨一些無常。我們對於生命的道理、無常，總是感到有些徬徨，而且，人生來世界上都是孤獨的，所以晏殊才會說「獨」、「徘徊」。「徘徊」又帶有一種來回走動思考的感覺，這也是說，在面對無常時，唯有好好去思考其意義，才能找出自己的路。這首詞有對生命的感傷，也有對生命的思考；結構上，每片的前兩句都是寫生命的循環，後一句則富有哲理，是首意境深刻的詞。加上那兩句名句，於是成了晏殊的詞中，最有名的一首。

什麼是「集句詞」？

「集句詞」，就是擷取前人寫過的句子，重新組成新的詞作，句子的來源，可以來自詩、詞、經書，甚至是詞牌名。雖然以現在的眼光來看，是不太尊重智慧財產權，也看似抄襲，但是，真要作「集句詞」也不是容易的事。首先，詞畢竟有較為嚴格的格律，每一句都有它的平仄，所以要從眾多句子中，找出合乎平仄的，再集結成一首文意通順的詞，並不容易；再者，古時候並沒有那麼多工具書和搜尋引擎，所以句子從哪裡來，也很考驗作者平日讀書的多寡以及記憶力。

蘇軾和辛棄疾都寫過集句詞，像蘇軾的〈南鄉子．集句〉，而且他還會在每個句子下註明作者：

悵望送春懷（杜牧）。漸老逢春能幾回（杜甫）。花滿楚城愁遠別（許渾），傷懷。何況清絲急管催（劉禹錫）。

吟斷望鄉臺（李商隱）。萬里歸心獨上來（許渾）。景物登臨閑始見（杜牧），徘徊。一寸相思一寸灰（李商隱）。

而辛棄疾所寫的集句詞〈踏莎行．賦稼軒，集經句〉，則是以《論語》、《易經》等經書裡的句子入詞，也頗合乎他「以文為詞」的風格。

雖然詞人寫詞，不一定都出於原創，也會有所襲用，但重要的是，能否將這些襲用的東西再融鑄成自己的東西，產生新意，若真能做到，也不失為一種創作的方式。

集句最初是從詩開始的，一直到現代，流行歌曲中也有集句的現象，如〈刺激2006〉，就是擷取各首歌曲中的一句，連同音樂和詞，再組成一首新歌，可見集句真是歷久不衰。

二十、哪些詞人因為詞寫得好而有綽號？

古時常有詩人或詞人，因為作品中的某一句寫得特別好，就被冠上與那個句子相關的綽號，很是風雅。在宋朝，因為這樣而有綽號的詞人很多，例如張先、宋祁、賀鑄、秦觀等人。其中擁有最多綽號的，要屬張先了。

張先，字子野，北宋詞人。早期的詞多為小令，文人很少創作篇幅較長的詞，但柳永與張先開始提高了這類詞的創作率。此外，為詞作寫序，用以表明寫作動機、背景交代等，也是從張先開始的，這一點影響了蘇軾和後來的詞人，所以，在詞的發展歷程上，張先向來被視為具有承先啟後的作用。

而他的綽號是怎麼來的呢？據胡仔《苕溪漁隱叢話》中說：「《古今詩話》有云，有客謂子野曰：『人皆謂公張三中，即心中事、眼中淚、意中人也。』公曰：『何不目之為張三影？』客不曉。公曰：『雲破月來花弄影』、『嬌柔懶起，簾幕卷花影』、『柳徑無人，墮絮飛無影』，此余生平所得意也。」原來，張先有一首詞為〈行香子〉，裡面有「奈心中事，眼中淚，意中人」的句子，意指心中有無限心事，都化為眼中的淚水，這一切都是因為那負心的意中人，因為連用了三個「中」，卻都用得很好，所以就被取了個「張三中」的綽號。但張先知道了以後，反而覺得自己更適合叫作「張三影」，因為他擅長寫「影子」，所以在〈天仙子〉、〈歸朝歡〉、〈翦牡丹〉中寫過上面三個例句，這三個「影」是他平生的得意之作，因此認為「張三影」更加貼切。然後，也因為「雲破月來花弄影」這句實在太有名，再加上張先曾任都官郎中，所以他又有個綽號叫作「雲破月來花弄影郎中」。此外，歐陽修也因為喜愛張先的〈一叢花令〉，就以當中的佳句替張先取了「桃杏嫁東風郎中」一號。

曾和歐陽修共同編撰《新唐書》，又擔任過工部尚書的宋祁，因為其〈玉樓春〉一詞中有「紅杏枝頭春意鬧」這個名句，使他有了「紅杏枝頭春意鬧尚書」的綽號。有一次，宋祁慕名去拜訪張先，請人通報時，故意不說自己是誰，只請通報的人和張先說，有個尚書想見「雲破月來花弄影郎中」，張先一聽，立刻就知道是「紅杏枝頭春意鬧尚書」想見他。其實，這兩句有異曲同工之妙，清代寫過一本很有名的《人間詞話》的王國維，就認為這兩句中的「弄」、「鬧」字用得極好，把詞裡的境界全帶出來了。確實，這兩個動詞一用，就把景物擬人化、生動了起來，構成一幅美好的畫面，也難怪能讓張先、宋祁獲得這樣風雅的綽號。

另外，賀鑄因為他的〈青玉案〉（又叫〈橫塘路〉）中有「若問閒愁都幾許。一川煙草，滿城風絮。梅子黃時雨。」便被稱為「賀梅子」；秦觀則因他〈滿庭芳〉中有「山抹微雲，天連衰草」之句，被蘇軾稱為「山抹微雲秦學士」。像這樣有佳句而被取綽號的風氣，也可以反映出，詞從娛樂場合登向高雅文學的轉變，文人逐漸不再視詞為「小道」，反而能因寫出好詞而引以為榮了。

延伸知識

張先的風流軼事

張先一生富貴平順，也很長壽，活到八十九歲，風流之事頗多。相傳他曾經與一個小尼姑偷偷交往，但因遭到寺裡老尼姑的反對，後來兩人並未有結果。張先於是寫了那首歐陽修所愛的〈一叢花令〉，裡面寫到：「沉恨細思，不如桃杏，猶解嫁東風。」這首詞是一首閨怨詞，寫女子對戀人遠去的苦苦相思，仔細想想後感嘆，我的境遇還真不如桃花與杏花，至少它們還知道及時嫁給東風，隨風而去，不至於將美好的青春年華完全辜負。

後來，張先在八十五歲時，竟娶了一個十八歲的小妾，蘇軾就作了一首〈張子野年八十五，尚聞買妾，述古令作詩〉給張先，裡面有兩句說：「詩人老去鶯鶯在，公子歸來燕燕忙。」這是用了唐代元稹〈鶯鶯傳〉裡張生與崔鶯鶯，和漢成帝與張放、趙飛燕的典故，藉由兩個古代姓張的人，來形容張先，而「鶯鶯燕燕」也變成了妻妾、美女眾多之意，這兩句詩，自然是在調侃張先的豔福不淺。不過，大約過了四年，張先就去世了。

這兩個故事，是典型富貴子弟的風流韻事，即便用現代的眼光來看，還是會引發許多爭議，實在夠「八卦」的。不知道該說張先是過於開放，還是勇於突破傳統觀念？

二十一、歐陽修為何在科考時把蘇軾從第一變第二？

歐陽修，字永叔，號醉翁，又號六一居士，為唐宋八大家之一，兼工作詩、作詞，是知名詞人，和他的老師晏殊一樣，都曾做到很高的官，也都非常會寫詞。歐陽修是一個很提攜後進的人，在認識蘇軾之後，非常欣賞他，也不怕蘇軾將來會造成他的威脅，因而傳成佳話，只不過，這段佳話中還有個有趣的波折。

北宋嘉佑二年，蘇軾二十二歲，參加進士考試，歐陽修剛好是當時的主考官。蘇軾寫了一篇應試文章叫〈刑賞忠厚論〉，大得歐陽修的激賞，想要拔為第一。但那場考試中，歐陽修的門生曾鞏也有參加，只是進士考試時，用的是糊名制度，考生的姓名等個人資料都是保密的，主考官看不到（就像現代考大考時，閱卷老師也不會知道考生姓名一樣）。歐陽修懷疑這篇可能是曾鞏寫的，怕人家說閒話，認為他偏心自己的學生，另外，則是他看到這卷子上引用了一段典故，而歐陽修是個飽讀詩書的人，卻不記得有看過這典故，怕是考生寫錯了，於是就把這篇文章從第一變成第二，另一篇也寫得不錯的，則置為第一。

沒想到，放榜以後，得第一名的居然是曾鞏，而那篇本來該得第一的文章，原來是蘇軾所寫。歐陽修一方面替自己的門生高興，一方面卻又覺得蘇軾有些可惜。照當時的習慣，放榜後，考生要寄信給主考官表明感謝，並拜見主考官，蘇軾也不例外，他寫了一封感謝信給歐陽修，歐陽修看完之後，便對別人說：「吾當避此人出一頭地。」意思是長江後浪推前浪，我這老人該早點退位，留位置給這個年輕人出人頭地。當蘇軾與歐陽修見面時，歐陽修問他卷子裡那段典故的出處為何？結果蘇軾說，那個典故，是他根據史書記載，推敲當時情況，認為這是「想當然耳」。歐陽修聽了，非常佩服，認為他不是讀死書之人，也善於運用資料，還對自己的兒子說：「三十年後，不會再有人提起我的名字，但大家都會知道蘇軾。」可見歐陽修對蘇軾的欣賞，確實不在話下。

歐陽修在仕途中提攜了蘇軾這顆超級新星，同樣的，他的詞風也影響了蘇軾。清末馮煦的《蒿庵論詞》說歐陽修的詞是「疏雋開子瞻（蘇軾）」，意思是說，歐陽修雖然曾位高一時，但也有被貶謫的時候，當他被貶時，雖然覺得愁苦、不如意，但他仍想辦法去排解、轉念，讓自己保持豁達的心情，有時他會藉由遊山玩水來排遣，再寫到詞作裡面，也就是馮煦所講的「疏雋」。這點影響了蘇軾，蘇詞中也有許多藉著接觸自然來排解失意的特點。

唐宋八大家的恩怨情仇

明代文選家茅坤曾編輯了一本《唐宋八大家文鈔》，裡面收錄了唐代的韓愈、柳宗元，及宋代的歐陽修、蘇洵、蘇軾、蘇轍、王安石、曾鞏共八人的文章，「唐宋八大家」也因此得名。

這八位文人，其實彼此間都有著深厚或複雜的關係，像唐代的韓愈和柳宗元，他們在創作散文這方面，有共同的理念，雖然經常分隔兩地，卻一直有書信來往，維繫了一輩子的友誼。

而宋代的六大家，關係就比較複雜了。三蘇是父子關係，蘇軾、曾鞏與歐陽修的關係前面也已說明，但其實歐陽修除了賞識蘇軾之外，對蘇洵也是讚譽有加的。蘇洵年輕的時候不用功，一直到二十七歲，才發憤讀書。嘉佑元年時，他帶蘇軾、蘇轍兩兄弟上京，先去拜謁歐陽修，同時把自己所寫的文章拿給歐陽修看，歐陽修一看驚為天人，激賞不已。再加上後來蘇軾、蘇轍同時考上進士，所以這蘇氏父子，因為歐陽修的關係，在當時曾名噪一時。而大器晚成的父親，能培養出年少有成的孩子，也說明了這三人都是天資相當聰穎的。

不過，另一個文人王安石，和他們的關係可就沒有這麼好了。王安石推行新法，激起朝廷中的反對聲浪，文武百官分裂成新黨、舊黨兩大派，新黨以王安石為首，舊黨則以司馬光為首。歐陽修、三蘇等人是親舊黨的，像蘇軾就曾因看出弊端而反對新法中的許多條款，兩人也常因政治理念不合而唇槍舌戰，甚至蘇洵也寫過文章暗罵王安石。但政治歸政治，文學歸文學，有時還是能看到王安石與蘇軾互相稱讚對方的作品。後來兩人也有和解了。如果沒有政治的紛擾，只談文學與學識，或許他們會成為知己吧！

二十二、歐陽修的「人生自是有情癡，此恨不關風與月」表達了怎樣的人生觀？

「人生自是有情癡，此恨不關風與月。」這兩句話，一直是宋詞中膾炙人口的名句。這兩個句子出自歐陽修的〈玉樓春〉：

尊前擬把歸期說。未語春容先慘咽。人生自是有情癡，此恨不關風與月。
離歌且莫翻新闋。一曲能教腸寸結。直須看盡洛城花，始共春風容易別。

詞的上片，是說在一個宴席上，詞中主角想要告訴那美麗的女子，自己離開後何時會再回來，但還沒開口，女子如春般美麗的容顏，就已先慘淡了。於是主角感慨：人生來就是有感情的，當我們心中因為分離而有憾恨時，這是我們自己不由自主產生的，與外在的任何事物，如風啊月啊的，都沒有關係。雖然我們也會被外在事物所影響，但真正的關鍵還是在於自己的心。

下片繼續說，分離的宴席上，離別的歌曲令人傷心，所以不要再寫新的離歌了，原本的就已經夠讓人肝腸寸寸糾結在一起了。可是，既然離別是人生無法避免的，那我就要在這之前，好好享受當下的美好，就好像我要看盡洛陽現在正盛開的花，看到花都凋謝了，我才要甘心地向春天說再見。

這首詞雖然寫的是離別，可是卻有歐陽修個人對於人生遭遇的看法。人天生就有情感，人生也一定會遇上離別，就像俗諺說的：「天下無不散的筵席。」這些都是不能避免的問題。既然無解，那只好把握所有的當下，這樣的話，就算有那不可避免的一天到來，也至少能把遺憾降到最低了。

因此這整首詞，也可以做另一種解讀。「人生自是有情癡，此恨不關風與月。」這兩句話，可用來解釋人該如何面對痛苦。有的人在面對痛苦遭遇時，會往自己的本心去探討，再找尋解決之道，也許寄託於信仰中，也許是找排遣的方式，但在面對時，都是希望自己不要那麼容易受外界的影響。有的人卻不是如此，例如當一個人失戀，他會覺得世界變得好灰暗，但其實，世界依然沒有改變，地球也還是繼續自轉，因為對世界來說，你的痛苦與它無關，所以我們也可以反過來看，人自會有痛苦，可是對於這世界的所有外物來說，與它都是不相干的。但我們仍要活在這世界上，所以傷心過後，還是得打起精神面對，再回到現實世界中，就像此詞下片的「直須看盡洛城花，始共春風容易別」一樣。這樣的解讀，或許並非歐陽修的本意，但由他如何看待離別這件事，還是能看出他的一些人生態度。

還記得《少年Pi的奇幻漂流》這部電影嗎？在Pi和老虎理查．帕克終於上岸後，Pi非常感謝老虎，因為他覺得，如果沒有老虎激起他的求生本能，他可能活不下來，但是老虎最後頭也不回的走了，就好像從來沒有認識過Pi一樣。Pi的心裡應該是失落的，但是，老虎不就像風與月一樣？不就像無論如何仍繼續運行的世界一樣？Pi心中有再多感慨、情感，對老虎而言，是與牠無關的。很殘酷，但也很真實，若用這個情境再去理解「人生自是有情癡，此恨不關風與月」，便也不得不讚嘆歐陽修，他的人生觀照仍是有道理的。

最後，這部電影有幾句經典臺詞：「我猜，人生到頭來就是不斷地放下，但遺憾的是，我們卻來不及好好道別。」這一點正與「直須看盡洛城花，始共春風容易別」呼應，如果怕來不及好好道別，就把握每個當下，免得後悔。這也是歐陽修此詞的一個特色：用積極、豁達的態度去面對每個問題，才是人生繼續往前的動力！

延伸知識

「雲雨」是什麼意思？

在「此恨不關風與月」中，由於有「風月」兩個字，所以也有人把它解釋成

「風花雪月」，也就是男女情愛的意思，畢竟宋詞中，這種描寫情愛的題材非常多，但這樣解釋又與「人生自是有情癡」一句有矛盾。其實，「風月」一詞有幾個意思，可指清風明月，也可指男女之情、男女歡好，或指從事色情交易的場所等。而歐陽修這首〈玉樓春〉中「風與月」的解釋，比較偏向第一個意思，並再進一步用清風明月代表外在的事物。

至於指男女情愛之事的詞，除了「風月」外，還有「雲雨」，這個詞常被拿來指男女歡好，而它的由來，和宋玉所寫的一篇〈高唐賦〉有關。這篇賦中提到，楚懷王曾遊巫山，因為疲累而睡著，夢中遇見一名女子，女子說她是巫山之女，聽說楚懷王來了，願和他共枕而眠，於是楚懷王就和巫山之女纏綿了一番，此女臨走前，對楚懷王說：「我在巫山南面最高的地方，早晨為朝雲，黃昏為飄忽的行雨。」後來，「雲雨」一詞就變成男女歡好的代稱。不過，這個詞也會被拿來比喻恩澤、分離，或只是雲和雨這幾種意思。

中國的某些詞彙，常常除了字面上的意思以外，又另有象徵意義，或延伸的意思，就跟「風月」、「雲雨」一樣。我們必須要了解這些詞出現時，究竟是何種意義，尤其是讀詩詞時，要與前後文合看，根據情境和脈絡去判斷，這樣才不會誤解了詩詞中的意思。

二十三、如果宋代也有金曲獎，誰會得最受歡迎詞人獎？

北宋有位詞人，名叫柳永，他所寫的歌詞，在當時可說是廣受大眾歡迎，流傳範圍之廣達到西夏，連大文豪蘇軾也受過他的影響。葉夢得的《避暑錄話》中，就有一句話說：「凡有井水飲處，即能歌柳詞。」意指有人聚集的地方，那地方就流行著柳永的歌詞，可見當時柳詞之盛行。

柳永，本名三變，後改名為永，字耆卿，因為在家族中排行第七，所以又叫柳七。他年輕的時候，都在首都汴京生活，當時的汴京非常繁華，到處都有歌樓酒館。他流連其中，加上本身具有音樂和作詞的才氣，因而逐漸成為紅極一時的詞人。在當時，只要有新的音樂出現，樂工一定會先求柳永幫忙填詞，然後才傳唱出去，這就好像如果某個歌手能和知名作曲家或作詞家合作，推出新歌的話，這首歌就更容易紅一樣。

除了樂工，歌妓們也爭相希望能得到柳永創作的詞，一方面是因為柳永的名氣，一方面也是他和歌妓們的關係都不錯，當時在歌妓間還流傳一段話：「不願君王召，願得柳七叫；不願千黃金，願中柳七心；不願神仙見，願識柳七面。」可見他這個人與他的詞，紅到發紫，所以「最受歡迎詞人獎」可說當之無愧。

然而，他在作詞這個領域雖是如魚得水，仕途方面卻多舛難行。其實，柳永來自官宦世家，家中的男性幾乎都是進士，但是柳永卻常與歌妓親近，流連歌臺舞榭之中，作的又是被當時文人視為「不登大雅之堂」的詞，而且很多還寫得很通俗露骨，因此備受讀書人的輕視。他的個性也比較狂放，例如他曾在考場失意時，寫了「忍把浮名，換了淺斟低唱」，意指願把如浮雲般的功名，換成喝酒唱歌的生活。雖然接下來他還是去考試，卻不知他寫的那兩句詞早就傳到皇帝面前，皇帝就叫他去填詞吧！不用來求這「浮名」了。可見他在皇帝、文人心目中，形象卻是黑得發亮。

後來，一直到他大約五十歲時，才成為進士，也做了官，但仍不太得志，據說過世時窮困潦倒，喪葬費用還是歌妓們湊錢才有著落。綜觀他的一生，有人批評他放浪墮落、人品不好，骨子裡根本是熱衷名利的；但用另一個角度來看，他畢竟生於仕宦之家，或許仍受傳統思想的影響，認為這才是「務正業」，而且從他的其他作品也可以看出他對社會問題的關懷，甚至後來在做官時，政績是受到肯定的，只因性格和才華與傳統思想多有牴觸，才會造成他的人生有這許多矛盾。

有趣的是，他的詞也與他的人一樣矛盾。柳永的詞歷來評價兩極，有部分作品過於俗豔，但也有些作品是很好的。可是有時不得不承認，俗豔的口味比較大眾化，所以在當時才這麼受歡迎。但他畢竟是文人出身，靈魂中也有文人的一面，隨著年紀漸長，也就不再如年輕時這麼放蕩不羈了。他對人生的感慨變多，也使得他寫出許多優秀的作品，開創了另一條宋詞創作之路。

延伸知識

柳永與歌妓的關係

柳永與歌妓的關係很密切、友好，其實也可說是互相幫襯，根據宋代羅燁的《醉翁談錄》記載，只要是柳永出品的詞，都相當受歡迎，而歌妓們也會反過來，以金錢財物回報。還有一次，柳永經過一間酒樓時，裡面有個才藝出眾的歌妓叫住了他，先是責備柳永久未出現，然後就向柳永索詞。柳永拿出一紙花箋，正要作詞時，另一個歌妓劉香香出現了。柳永正要藏起花箋，卻仍逃不過劉香香的眼睛，於是劉香香便要求柳永作詞的時候，把自己的名字寫進去。沒想到，這時另一個歌妓錢安安也出現了，於是三個人一起看著柳永作詞。柳永應要求寫了首〈西江月〉，把三個歌妓的名字都寫進去，而內容就是些打情罵俏的句子，但三個歌妓還是高高興興地設宴款待他。

不過，也就是因為柳永常作較俗豔的詞給歌妓唱，使得自己的名聲變得不太好。有一次，他去拜謁宰相晏殊，希望受到提拔，但晏殊問他：「賢俊作曲子（詞）麼？」柳永回答：「只如相公亦作曲子。」晏殊就說：「殊雖作曲子，不曾道『彩線慵拈伴伊坐』。」然後拒絕了柳永。像柳永詞作中「彩線慵拈伴伊坐」這樣的句子，就是常讓文人所詬病之處，因為太直白、通俗，一點餘味也沒有，但此詞若和剛才那首〈西江月〉相比，恐怕還算文雅的了。其實，就因為他常在酒樓歌館流連，與歌妓關係密切，如果都寫文雅之詞，大概也不太適合。儘管如此，還是不能抹滅柳永對於詞的推廣和流傳所做的諸多貢獻。

相傳柳永死後，不僅是由歌妓出資合葬，之後每年清明，她們還會相約到他的墳上灑掃祭祀。這在後來還成為一種風俗，被稱為「弔柳七」或「弔柳會」，直到南、北宋之交才逐漸消失。

二十四、為什麼蘇軾的名字和車有關？

蘇軾，字子瞻，號東坡居士。他大概可以說是宋朝，甚至是整個中國歷史上，最有名的文人了，而他的詞，更是千百年來傳頌不衰。但相信不少人都曾好奇過，他的名字為何會和車子有關呢？

蘇洵曾經寫過一小篇文章〈名二子說〉，說明他給蘇軾、蘇轍兩兄弟取名的用意。關於蘇軾，他是這樣說的：「輪、輻、蓋、軫，皆有職乎車，而軾獨若無所為者。雖然，去軾則吾未見其為完車也。軾乎，吾懼汝之不外飾也！」這段話的意思是說：組成車子的各個部位，像輪子、車輻（把車輪中心的圓木與輪圈連接起來的直木，呈輻射狀）、車蓋（車上遮蔽的蓬子）、車軫（車廂底部的橫木），都是有其功用的，少了其中一個，車子便不能行走。但「軾」（車前可供依憑的橫木，古人乘車時，會站立以手扶軾，表示敬意），卻好像是可有可無的，因為少了它也不會影響車子的運行，可是，如果把軾拿掉，車子也就不完整了。所以，給孩子取名為「軾」，就是希望他不要忘記那禮貌的重要性。

如果把車子比喻成人生，那麼聰明、才智、學問等就像輪輻蓋軫一樣，是實用的，至於像禮貌這樣的處世哲學，雖然感覺不如聰明等實用，卻是不可缺少的，因為一個人如果太過聰明外露，不懂謙虛掩飾或過於自滿，自然就容易樹大招風，招來許多不必要的麻煩。蘇洵正是了解到蘇軾實在太聰明，希望他懂得適當的修飾自己，注意處世的態度，才會給他取這樣的名字。而且，「軾」在車上的重要性比較不高，所以，這裡也有一點要蘇軾懂得低調的意味在。

古時候的人，除了名以外，還有字，且名與字的意義通常會有關聯，蘇軾字子瞻，也不例外。《左傳．曹劌論戰》裡有句話說：「下視其轍，登軾而望之。」意指登上軾遠望，「瞻」這個字就是取「遠望」的意思，希望蘇軾能永遠向前看，也期許他能受人仰望，有一番成就。畢竟，以蘇軾的才華來說，必然還是能出人頭地的。

給孩子取名，向來是父母的重大責任，因為名字就像是給孩子的祝福或期許，而且很多人都相信，名字取得好，對一個人的命運也會有幫助。從〈名二子說〉中，我們可以看出蘇洵對兒子的取名不僅用心，也是充滿期許和叮嚀的。但是，蘇軾長大後到底有沒有如蘇洵所盼望的那樣呢？綜觀他的一生，確實是遇上不少忌妒他才華的人，而蘇軾過於聰明，為人又正直敢言，所以很多東西往往看得太明，又無法得過且過，也確實給自己帶來不少麻煩，但幸好他是能看得開的人，在遇到困境時，也能盡量保持豁達樂觀。所以，他的處世哲學，重點也許不是放在低調、內斂，因為這和他天生的性格不符，但他也不會一味的自滿驕傲，而是真實地做自己，並試圖找出自己人生的出口和價值，有自己的一套智慧。

蘇轍的「轍」又有什麼意涵？

蘇洵的〈名二子說〉中提到：「天下之車，莫不由轍，而言車之功，轍不與焉。雖然，車仆馬斃，而患不及轍。是轍者，善處乎禍福之間，轍乎，吾知免矣！」轍，指的是車行過後輪胎的痕跡，而蘇洵為何要用輪胎痕跡來給蘇轍命名呢？原來，蘇洵認為，路，是車行的痕跡走出來的，雖然，如果講到車子有什麼功用，往往不會論及這些痕跡，可是，要是車子出了車禍，車翻馬死，車行的痕跡也不會受到什麼損害，所以說轍善於處在禍福之間，能避開凶險。

更進一步說，車痕多了會開出一條路，也就表示這條路是比較平坦、安全的，所以只要循著這條路走，大概就不會有太大的問題。而「由」這個字，便有遵循之意，所以蘇轍字子由，就是希望他平順的遵循著前人走出的平坦之路，免於災禍。

和蘇軾相比，蘇轍的人生確實比較平順些。他的才華、表現雖然沒有蘇軾亮眼，但他的低調溫和也讓自已免於許多麻煩。蘇洵了解蘇轍的才性，所以不要求他大富大貴，只期許他一生能平順地度過，就算平凡一點也沒有關係。從這裡，我們也能看出蘇洵教育孩子的智慧，因為，他寫〈名二子說〉時，是在考科舉失敗之後，此後他死了心，轉將希望寄託在兒子身上，但他了解適情適性地教導孩子，是件重要的事，而不是強將自己的觀念，或自己對成就的追求加在孩子身上，這點是相當難得的。

二十五、赤壁之戰的千軍萬馬，只為女人？

唐朝詩人杜牧曾作一首詩〈赤壁〉，裡面有兩句是這樣說的：「東風不與周郎便，銅雀春深鎖二喬。」意思是說，如果東風沒有給周瑜方便的話，那江南美人大喬、小喬，就要被深鎖在曹操所建的銅雀臺中了。在歷史所記載的赤壁之戰中，孫劉聯軍能夠以少勝多的關鍵，就是因為東南風助長了他們的火攻，使得曹操大敗，但並未提及二喬。所以，詩句中二喬成為曹操俘虜的事，是杜牧根據這段歷史，自己再想像而成的，也算是較早將小喬與赤壁之戰聯想起來的作品。而後，最有名的要屬蘇軾〈念奴嬌．赤壁懷古〉了。

〈念奴嬌．赤壁懷古〉可說是蘇軾作品中最有名的，不僅寫得好，也顛覆了詞多寫豔情的傳統，所以名氣非常大。但是，也有人不認為這首詞是經典，而問題就出在詞裡的小喬。例如清代的沈時棟就曾在他編選的《古今詞選．選略》中說，蘇軾此詞雖膾炙人口，但「小喬初嫁了，雄姿英發」卻是「白璧微瑕」，因為周瑜本來就雄姿英發，怎麼會是等小喬嫁給他以後才這樣的呢？而歷來許多讀者在看這首詞的時候，也不免會疑惑，小喬為何突然出現在這裡？因此對於這兩句話的解釋，也就產生了不同的看法。

有說法是將「小喬初嫁了，雄姿英發」跟杜牧的想像連結，解釋成，因為曹操此戰還有得到二喬的目的，所以打敗曹操，使娶得小喬的周瑜越發得意。另一種說法，則是蘇軾作此詞的時間，差不多是他將朝雲納為妾時，因為也有新婚甜蜜得意之感，所以此處寫出小喬，來襯托周瑜的春風得意。不過，無論怎麼解釋，都要注意到一個重點，就是赤壁之戰時，周瑜和小喬並非新婚。以蘇軾之博學，他未必不知道此點，可能和杜牧一樣，也是運用文學家的想像罷了，為的是營造出周瑜的功業卓著，所以小喬一定是用以襯托周瑜的。周瑜在此處愈是意氣風發，就愈能呼應前面的「千古風流人物」、「一時多少豪傑」，也就愈能帶出即便是這樣的人物，也難逃「浪淘盡」的命運，所以才會「人生如夢」。

後來，《三國演義》第四十四回的情節，就曾出現諸葛亮在說服周瑜與之聯軍時，故意說曹操有一心願，便是把江東二喬置於銅雀臺，以樂晚年，周瑜因此大怒，更加痛恨曹操，這或許正是受了杜牧與蘇軾的影響。可是，不論是杜牧、蘇軾還是羅貫中，把二喬與赤壁之戰聯想在一起的情節，其實與歷史不符，我們只能說，這或許正是文學家浪漫的一面。而在曹操被冠了「醉翁之意在二喬」的想像之後，也就難免讓人覺得，這場赤壁之戰的千軍萬馬，是否真的只為了女人？

〈念奴嬌．赤壁懷古〉的雄豪與曠逸

〈念奴嬌．赤壁懷古〉全詞如下：

大江東去，浪淘盡、千古風流人物。故壘西邊，人道是，三國周郎赤壁。亂石穿空，驚濤拍岸，捲起千堆雪。江山如畫，一時多少豪傑。

遙想公瑾當年，小喬初嫁了，雄姿英發。羽扇綸巾，談笑間，強虜灰飛煙滅。故國神遊，多情應笑我，早生華髮。人間如夢，一尊還酹江月。

上片的開頭，就先展示了一幅壯闊的場景，說那滾滾大江水往東流去，浪花沖洗了多少千古英雄人物。在舊時堡壘的西邊，人都說那曾是三國赤壁之戰的地點。陡峭的石壁好像要穿破天際，洶湧的波濤拍在岸邊，就像捲起了千堆雪花一般。那江山就像圖畫一樣，一時間，曾經出過多少豪傑。下片轉而寫周瑜，蘇軾遙想當年周瑜的樣子，才剛與小喬新婚，是多麼英姿煥發，手拿羽扇，頭戴綸巾，在談笑之間，就使敵軍盡數殲滅。假如當年的周瑜，如今魂魄重遊故國，應該會多情的笑，我怎麼這麼早就長出了白髮。人生真如一場夢一樣，想到這裡，我就拿了杯酒，往江中灑去，以祭江中之月。

這首詞以懷想歷史為基調，由描寫周瑜的英雄形象看來，也可看出蘇軾期望能像周瑜一樣，建功立業，可是，雖有雄豪壯志，如今卻白髮已生，還一事無成。再看歷史上，無論多顯赫的英雄，最終仍舊敵不過時間而逝去，只有不受時間影響的明月、長江，才是真正長久遠大的。他沒有因此消沉，反而把自己超脫出來，去看那更為永恆的東西，去悟出更多人生的道理，從此也就更能看出蘇軾的曠逸胸懷。而這種精神正是使此詞能歷久不衰的原因。

二十六、蘇軾是在怎樣的心情下，寫出「揀盡寒枝不肯棲，寂寞沙洲冷」？

宋神宗元豐二年，蘇軾四十四歲，這一年發生了一件大事，讓蘇軾在鬼門關前轉了一圈，而這兩句詞也正和這件大事有關。

當年，蘇軾剛調任到湖州，依照慣例，官員到任時要上謝表給皇上，感謝皇帝的知遇之恩，蘇軾也寫了謝表給神宗，但部分內容被認為有諷刺新法和某些官員之嫌，就被他的政敵拿來大作文章。加上他曾寫過一些描述民生疾苦、批判錯誤政策的詩，這些作品也以無禮於皇帝、惡意毀謗朝廷等罪名，一起由御史（在宋代主掌官員之彈劾）告發到神宗面前。神宗愛才，沒有馬上就嚴懲，只是先交由御史審辦，於是蘇軾被革去官職，押回京城，關入獄中審問。

情況一度很危急，他寫的詩或許不能說完全無辜，但也有不少是政敵們非要置他於死地而故意抹黑、牽強附會的。所幸，有幾個轉折救了他。

首先，他的長子蘇邁每天都會到獄中送飯，蘇軾與他約定，如果自己的案情有了不好的發展，就在飯菜中放魚暗示。結果一次蘇邁有事，就託朋友送飯，卻忘了把這個約定告訴朋友，朋友又恰巧送了魚進去。蘇軾看到後大吃一驚，以為自己大概要被判死罪，就寫了兩首詩給蘇轍，詩中懇切的訴說對蘇轍的兄弟之情，和對皇帝的感恩與自己的懺悔。這兩首詩後來傳到了神宗面前，感動了神宗。

再者，曹太后一向欣賞蘇軾，但審問期間，正好遇上曹太后病逝，可她在臨死前特地交代，蘇軾是遭人誣賴的，囑咐神宗千萬不可錯殺無辜。在此之後，有一天深夜，蘇軾的牢房裡進來了一個人，蘇軾以為是其他罪犯，便不疑有他，繼續睡覺。結果天快亮時，那人突然把蘇軾推醒，還恭喜他，蘇軾一開始莫名其妙，後來才知道，原來那人是神宗派來暗中觀察他的。回去以後，那人向神宗稟報，說蘇軾在獄中睡得很好，鼾聲大作，這是沒做虧心事的人才有辦法如此，這一點，被神宗所採信了。

當然，除了神宗、曹太后愛才，還有蘇轍與不少蘇軾的友人，也明裡暗裡的幫助他不少等原因，才使得蘇軾最後沒被判死罪。但死罪可免，活罪難逃，於是他被貶為黃州團練副使（類似今天民間自衛隊的副隊長），這次事件被稱為烏臺詩案（烏臺就是御史臺，御史辦公的地方）。大劫歸來，蘇軾對人生的看法不同了，雖內心的節操未改，但才被貶謫，心中仍有淒涼驚惶之感，於是在元豐三年剛到黃州時，寫下了〈卜算子．黃州定慧院寓居作〉：

缺月掛疏桐，漏斷人初靜。時見幽人獨往來，縹緲孤鴻影。
驚起卻回頭，有恨無人省。揀盡寒枝不肯棲，寂寞沙洲冷。

這首詞的大意是說，不圓滿的月，看起來像掛在稀疏的桐樹枝上，此時正是夜深人靜，沒有人能見到幽人獨自徘徊，只有那隻飄緲而飛的孤鴻。孤鴻突然地驚飛又回頭，心裡有恨卻無人明白，在這深夜，挑遍了枝頭卻不肯棲息於上，寧願寂寞的在沙洲上忍耐著冷清。此詞中的人與孤鴻是雙關，講孤鴻亦即在講人。

「揀盡寒枝不肯棲，寂寞沙洲冷」後來成為名句，不僅寫出了蘇軾內心高潔的人格——即便在一片淒清孤獨之中，即便遭逢過大難，又處於被貶而不安的生活中，我依然堅持不同流合污，寧願在冷清的沙洲度過，也不願去攀高枝——同時亦道出了一種無人能理解我的孤獨感，但就算不被理解，還是要勇於做自己的決心，所以感動了不少失意的人。

延伸知識

仰慕蘇軾的癡情女子

關於蘇軾這首〈卜算子．黃州定慧院寓居作〉，還有一個故事。《東園叢說》中記載，蘇軾年少的時候，經常在夜裡讀書，鄰居有個女子，就經常偷聽他的誦讀之聲。有一天，女子主動示好，但蘇軾一開始沒有答應，只約定要等他博取功名之後，再來談兩人的婚事，可是後來蘇軾卻娶了別人。再過幾年，蘇軾問起這個女子後來嫁給了誰？才知道女子堅守與他的約定，不肯出嫁，後來去世了。這首詞就是感慨此事而寫，詞的最後兩句，也被解讀為是那名女子不肯找個人嫁了，結果孤獨而死。

不過，這個故事應該是後人附會的成分較大，因為記載當中有錯誤，且蘇軾自己都說這首詩是寓居於黃州時所作的了。會被附會，或許是因為蘇軾向來有名，也或許，是有那喜愛蘇軾的人，覺得此詞的內容仍有些敏感，才故意牽扯出這個故事。當然，蘇軾如此高的才情，有女子仰慕是很正常的，例如蘇軾的續絃王閏之，本是其元配王弗的堂妹，比蘇軾小了十二歲，一直都很敬佩他，後來王弗過世，王閏之才嫁給蘇軾，且在烏臺詩案及後來蘇軾的幾次貶謫，都不離不棄。她將蘇軾與王弗所生的孩子，視如己出，給了他很大的支持，實為一個賢妻良母。

二十七、性格豁達的蘇軾，也會有想逃避人世的時候嗎？

綜觀蘇軾的一生，實在是起起伏伏，而他人生第一次重大的轉折，也是第一次最大的挫折，就是烏臺詩案所導致的貶謫。但是他生性豁達，也總是在尋找排解不順的方法，所以多次的人生挫折，他不僅挺過來了，還不斷的從這些逆境之中，轉換心情與人生觀。

在烏臺詩案之後，他被貶到黃州做團練副使，且「不得簽書公事」，也就是說，這只是空有頭銜的官職，卻沒有什麼實際的權力，甚至還是被看管的犯官，對於有理想抱負又有自尊的人而言，這無疑是一種折磨。但是生活還是要過，所以儘管當時經濟不佳，又處於罪人這種不安的狀態下，蘇軾還是盡力的去適應。

在黃州待了三年左右，元豐六年時，有一天，蘇軾和朋友喝酒，並把這件事情記錄了下來，寫成一首詞〈臨江仙．夜歸臨皋〉：

夜飲東坡醒復醉，歸來彷彿三更。家童鼻息已雷鳴。敲門都不應，倚杖聽江聲。
長恨此身非我有，何時忘卻營營。夜闌風靜縠紋平。小舟從此逝，江海寄餘生。

臨皋是指黃州的臨皋亭，也是他當時的住所，旁有長江，所以此詞是寫於他和朋友在東坡喝酒，醒了又醉，醉了又醒，回家後又遇到的事情。詞一開始就說他夜晚喝酒，回到家時都已經三更天，非常晚了，所以家中的僮僕也已睡下，且鼾聲如雷鳴，任憑蘇軾怎麼敲門，都無人應，因此他只好與朋友一起，拄著手杖，聽著江聲。

然而，夜深人靜，聽著江水不斷流逝的聲音，難免會使人想起許多事情來，所以蘇軾開始感慨了。他說「長恨此身非我有」，這是出自於《莊子．知北遊》，在這裡形容的是人被外界所拘束，身不由己的感受。而「營營」，也是出自《莊子．庚桑楚》，此處是自問到底何時才能忘卻汲汲營營？連用兩個莊子的典故，可知他此時有一種想要忘卻名利的心情。所以接下來，他才會說「小舟從此逝，江海寄餘生」，希望從此能乘著小舟，往那江海去寄託餘生，再不管人世間的紛紛擾擾。

當然，從詞的末兩句看，人們難免會以為這是他一時的感慨，消極地想逃避人世和社會。但若了解蘇軾的性格，會發現這其實也不能算是逃避，因為在不得志的狀況下，無法改變外界，就只好改變自己，所以蘇軾轉而追求一種精神上的理想、自由的人生。「小舟從此逝，江海寄餘生」，就是這種嚮往自由的呈現。因此，蘇軾對於自己的人生，其實不是放棄，而是瀟灑以對。

不過，這首詞後來鬧出了一個笑話，據葉夢得《避暑錄話》記載，蘇軾作了此詞後，與朋友大唱了幾遍就散會了。結果隔天一早，大家開始盛傳蘇軾晚上作了此詞後，就真的駕船長嘯而去了。當時的郡守徐君猷知道後，嚇了一大跳，因為丟失犯官可是大罪，連忙派人去找，最後卻發現蘇軾正在家中睡覺，鼾聲如雷，真是虛驚一場。

延伸知識

蘇軾在黃州的生活

因為烏臺詩案，蘇軾被關了四個多月，然後貶至黃州。初到時，身上的錢不多，只好精打細算的過日子。在蘇軾寫給秦觀的信中，就提到他一天所用不能超過一百五十錢，所以每到月初，就把四千五百錢，分成三十串，掛在屋樑上面，每天早上用畫叉挑下一串，又準備了一個大竹筒，當天若有剩錢，則把錢存在裡面，做為有客上門時的招待之用。

除了節儉度日，蘇軾的友人馬正卿也幫他求得數十畝地，這塊地位於黃州東邊的山坡，所以他就自號「東坡居士」，開始了躬耕生活。一開始，因為地荒廢已久，開墾不易，還遇上旱災，讓蘇軾吃了不少苦頭。同時，他也開始了庖廚生活，他發現黃州豬肉很便宜，便寫了〈豬肉頌〉，說明如何烹煮豬肉，還感嘆豬肉其實好吃又便宜，但有錢人不屑吃，窮人又不知道怎麼料理，而他擅長此道，後來還發展出了東坡肉。此外，他也發明了「東坡羹」，是一種將甘藍、白蘿蔔、蕪菁等蔬菜混在一起煮成的菜羹，不添加醬料，為的是吃蔬菜的自然甘甜。像這樣以尋常之物煮出的尋常料理，對蘇軾而言，卻有一種平淡的幸福。

此外，蘇軾也發現民間多有因為養不起而溺嬰或棄嬰的事件，像黃州附近的鄂州，照例只養二男一女，如果生到第四胎，就會把嬰兒按在水盆中溺死，尤其他們不喜歡生女兒，結果導致民間女少男多。因此他上書給鄂州太守，提出解救之道，例如請有錢人捐錢相助，對舉發溺嬰的人給予獎賞，並處罰溺嬰的父母等。蘇軾自己也會固定捐錢，並在黃州成立救嬰兒的慈善會，在他與鄂州太守朱壽昌的努力之下，確實救了不少嬰兒的性命。

若說蘇軾一直在逆境中追尋安身立命之道，則他在黃州的生活方式，就是一個很好的例子。不論在生活或者精神上，他都很努力豁達的活著；只要他有能力可以幫助別人，他也不會獨善其身，加上他在各方面的才華，難怪在世時受到很多人尊敬，過世後也依舊受到後人的推崇。

二十八、蘇軾為何成為被貶最遠的詞人？

蘇軾的一生起起伏伏，曾受重用，卻也時常因為政治立場與政敵的迫害而被貶謫。他一生有三次嚴重的貶謫，第一次是貶到黃州，再來是惠州和儋州。其中，儋州是最遠的，也就是今天的海南島。海南島已經是北宋國土的邊界了，在當時人的心目中，那裡窮鄉僻壤，蠻荒不已，從來沒有詞人被貶到那裡過，蘇軾又為何會被貶到那裡呢？

蘇軾在第一次被貶黃州後又重新受到起用，而且是高太后的重用，但是朝中的局勢依舊變化無窮。雖然與蘇軾敵對的新黨已失勢，可是過去他也曾得罪過舊黨的人，因此雖然獲得高太后的支持，蘇軾還是覺得自請外調比較好，避免鬥爭。於是他被調到了潁州，再轉往揚州，一度又回到京城。後來高太后去世，宋哲宗開始親政，他是支持改革的，所以以章惇為相，重新得勢的新黨便把過去反對新政的人，通通給予罪名。蘇軾也在劫難逃，就這樣一路被貶到惠州（今廣東惠陽縣）去了。

惠州偏遠，旅途非常辛苦，但蘇軾喜歡這裡的風光，性格又豁達，也在此寫下不少文學作品。蘇軾被貶到這裡時，已是晚年，他本以為自己會在這裡終老一生，但沒想到三年後，一道貶謫的命令又下來了，把他貶去了儋州。相傳他會被貶去儋州，有兩個說法，都與章惇有關。章惇年輕的時候，和蘇軾其實是好朋友，烏臺詩案時，也出過力設法解救蘇軾，但後來因為政治立場不同，就分道揚鑣了；也有人說，章惇其實是很嫉妒蘇軾的，總之，把蘇軾貶去儋州，是章惇的主意。一種說法是蘇軾曾在惠州作了一首詩，裡面寫著：「為報先生春睡足，道人輕打五更鐘。」顯示出他在春天午睡的悠閒生活，後來此詩傳到章惇那裡，蘇軾被貶了，居然還能這麼輕鬆愜意，實在讓他看不過去，所以就乾脆再把蘇軾貶得更遠。另一種說法，則是章惇要貶謫蘇軾、蘇轍兄弟，於是用他們的字「子瞻」、「子由」來決定貶謫之地：「瞻」與「儋」字都有「詹」，「由」和「雷」字都有「田」，所以他們就分別被貶到儋州和雷州了。其他被貶的人，也是依這個模式決定。

到了海南島，這裡的生活幾乎無法和之前相比，且朝中小人經常從中作梗，害他差點連房子都沒有。他在〈與程秀才書〉中說：「此間食無肉，病無藥，居無室，出無友，冬無炭，夏無寒泉。」可見其生活之困苦。但蘇軾還是沒有意志消沉，他仍然認真地過日子，例如，找不到好的墨作畫寫字，他就乾脆自己製墨，結果差點把房子燒掉；他又四處採集藥草，研究療效；甚至，還鼓勵島民耕作、推行教化等等，可以說，他在精神上一直都沒有被政敵打倒。

後來，哲宗過世，徽宗繼位。章惇因為曾反對立徽宗為帝，所以失勢。向太后有意調和新舊黨爭，過去被貶的人全都獲赦，蘇軾得以北歸，後來還獲准自由定居。北歸的路上，他受到極大的歡迎；反觀章惇，被貶之後，沿途倒是吃了不少苦頭。繼惠州之後，蘇軾本以為自己會老死儋州，沒想到有生之年，又能獲得赦免，但這時也接近他生命的盡頭了，被赦免以後，隔年他逝世於常州。

一代大文豪殞落了，如果這樣的天才，隨波逐流，或許他會一生順遂，然後最終被埋沒；但他「不合時宜」，所以一生坎坷，卻留給世人無限的追想，但我們也無須替他感到惋惜，因為，這不就是他的選擇嗎？

延伸知識

蘇軾對海南島的影響

宋代時，由於海南島地處偏僻，很少開發，所以教育、建設都非常少，但如果今天再到海南島去，會發現這裡已成了度假勝地，不少人也選擇在海南島結婚、度蜜月，儼然夏威夷一般。除此之外，在海南島還可以發現許多當年蘇軾所留下的痕跡，例如當年蘇軾居海南島時的遺址東坡書院、紀念蘇軾的蘇公祠等。蘇公祠中，仍保有當年蘇軾親手所寫的〈行香子〉、〈臨江仙〉兩首詞，這些都令人感受到，蘇軾在海南島的影響力至今不減。

蘇軾當年被貶海南島時，雖已垂垂老矣，仍在海南島樹立了不少政績。例如開設學堂講學，使得一直沒有出過進士、舉人的海南島，幾年間就出了符確這位進士，以及姜唐佐這位舉人，他們都是蘇軾在海南島的學生。推行教育的成功，可說是蘇軾在此一個很大的貢獻。

此外，蘇軾居海南島時，發現當地的水質不大乾淨，喝久了容易生病，所以他又想辦法鑿出了兩個水源。這兩個水源如今只剩一個，就是在蘇公祠東側的「浮粟泉」（據說是泉水湧出時，水面上經常有小顆的泡泡，好像粟粒的形狀，而有此名稱）。此泉還有「海南第一泉」的稱號，目前是中國國寶級的文物。

從蘇軾在海南島推行的教化與建樹來看，我們不得不佩服，這位胸懷超曠的大文豪，永遠在尋求面對逆境的安身立命之道，也從來不被命運打敗。否則，他年事已高又一生歷盡滄桑，被貶到如此荒遠的地方，要是一般人早就灰心喪志了。也正因為這種精神，所以他的文學作品及人格，才會至今都這麼受人推崇。

二十九、秦觀是怎麼看遠距離戀愛的？

在周星馳所主演的《九品芝麻官》中，有位婦人戚秦氏，被誣陷殺害了丈夫全家人，還與家丁偷情，兇手及幫兇揑造了假證物，說是戚秦氏寫給家丁的情書，裡面寫著：「金風玉露一相逢，更勝卻人間無數，兩情若是久長時，又豈在朝朝暮暮。」其實，這是出自於秦觀的〈鵲橋仙〉一詞，這首詞本是在詠嘆牛郎織女的感情，而牛郎織女的故事，用現代的眼光來看，其實就是一種遠距離戀愛。秦觀發揮了詞人善感的心，寫出他對這對戀人的感覺。〈鵲橋仙〉全詞如下：

纖雲弄巧，飛星傳恨，銀漢迢迢暗度。金風玉露一相逢，便勝卻、人間無數。
柔情似水，佳期如夢，忍顧鵲橋歸路。兩情若是久長時，又豈在、朝朝暮暮。

根據古人對四季的算法，農曆的七、八、九月為秋季，七夕正逢初秋，而「纖雲弄巧」就是形容秋天的雲朵，由於秋雲變化莫測，容易想像成各種東西，所以又稱巧雲；此外，這裡也暗指七夕的「乞巧」❶風俗。而飛星則指流星，「飛星傳恨」就是當流星劃過天際時，看起來好像在傳遞著兩人的離恨一般。「銀漢迢迢暗度」中的銀漢指的是銀河，此句是說，織女終於能在七夕這一天，渡過千里迢迢的銀河，與牛郎相會了。接下來，「金風玉露一相逢」中，金風是指秋風，玉露則是指秋天晶瑩的露珠，牛郎和織女，就是在金風玉露中重聚，這一次天上相逢，就抵得過人間無數回的相會了。

但是，相逢後就是離別的到來，即便相會時，柔情似水，一切恍如夢中，但時限一到，還是得分開。只覺這短暫的相聚，也像倏忽的美夢一樣，容易消逝。而來時鵲鳥所形成的相會之橋，此時又成了分別之橋，叫人怎麼忍得回顧這條送人回去的歸路呢？不過，兩人的情意若是能長長久久，又哪需要時時刻刻都相會呢？

秦觀看遠距離戀愛，是認為只要感情夠堅固長久，就算沒有日日相見也沒關係，這樣，每次的相會也能更加甜蜜。現在我們也常說一句話：「有距離才有美感。」整天都黏在一起，似乎容易讓感情變得平淡，甚至是常有衝突。可見，遠距離戀愛也不是全然沒有好處，只是無論是哪一種形式的感情，都有它的好壞，單看我們從哪個角度去想了。

另外，明代李攀龍的《草堂詩餘雋》中曾說：「相逢勝人間，會心之語。兩情不在朝暮，破格之談。七夕歌以雙星會少別多為恨，獨少游此詞謂『兩情若是久長時』

❶七夕時少女們向織女祈求智慧的習俗，包含穿著新衣、迎風比賽穿針引線、穿過了才能「得巧」，或擺上瓜果祭拜等等。

二句，最能醒人心目。」這段話的意思，可以理解為在過去寫七夕的詩詞中，少有佳作，因為大多在寫牛郎織女時，都是以聚少離多為主題，寫他們心中的離恨，寫多了就變得有些陳腔濫調，只有秦觀，能用另一個比較有美感、新穎的角度，去詮釋牛郎織女的感情，所以使人感到耳目一新。而且，秦觀這樣寫，更能帶出牛郎織女永誌不渝的愛情，也讓所有不能時常與戀人相聚的讀者，增添許多安慰之感。

延伸知識

擅寫感情的秦觀

秦觀，字少游，號淮海居士。他與黃庭堅、張耒、晁補之同為蘇軾的門生，被稱為「蘇門四學士」。據說蘇軾在這四個門生中，最欣賞秦觀的文采，但是，正因為與蘇軾的關係密切，使得蘇軾被政敵打擊時，秦觀也受牽連而被貶，所以仕途並不順利。但他的詩、詞都寫得很好，特別是詞，歷來對他的評價都很好，在說到宋詞時，不能不提到這個人。

蘇軾的詞，題材與風格多變，他「以詩為詞」的創作方式，開了詞的另一條路；但秦觀不同，他的詞作還是多以感情為題材，他擅於發揮詞抒情的特點，並與自然景物作結合，加上能蘊含深遠且真摯自然的情意，沒有太過雕琢華麗的語言，所以能夠愈讀愈有味道。在他被貶謫之後，許多暗含被貶後心情的詞作，依舊是用一種含蓄、婉約的方式去寫，十分難得。所以他寫的雖是傳統的詞，卻仍能自成一家。

三十、秦觀的「郴江幸自繞郴山，為誰流下瀟湘去」為何讓蘇軾感動不已？

蘇軾曾在他的扇子上，寫下兩句他酷愛的詞：「郴江幸自繞郴山，為誰流下瀟湘去。」這兩句是出自於他門下的學生——秦觀的〈踏莎行〉。

這兩句詞為何會深受蘇軾喜愛呢？我們可先來看這首詞是怎麼寫的：

霧失樓臺，月迷津渡，桃源望斷無尋處。可堪孤館閉春寒，杜鵑聲裡斜陽暮。驛寄梅花，魚傳尺素，砌成此恨無重數。郴江幸自繞郴山，為誰流下瀟湘去。

宋代的政壇，一直有新舊黨爭，兩黨勢力的消長，一直是看主要的掌權者，如皇帝或太后比較支持哪一派。元豐八年時，宋神宗駕崩，哲宗即位，但年紀太小，所以由哲宗的奶奶高太后聽政。高太后是傾向舊黨的，立刻就起用了司馬光為宰相，蘇軾等人也再度受到重用，秦觀自然也被蘇軾提拔。但是再過幾年，在元祐八年時，高太后過世，長大了的哲宗親政了，開始重用新黨，打擊這批過去受到重用的舊黨大臣，後來蘇軾被貶惠州，秦觀也被貶郴州（今湖南郴州）。

秦觀懷著惴慄不安的心情，到了那裡，只見一片荒涼，〈踏莎行〉就是在這樣的情況寫下的。開頭三句，講的就是一種迷茫、不安、理想破滅的心情：高聳的樓臺被濃霧所遮掩，象徵的是自己高遠的志向被蒙蔽了；可供船隻來往的渡口在朦朧月色下，也看不見了，象徵的是自己人生方向、出口的迷茫。在這裡，霧與樓臺、月與津渡，都是虛構出來的場景，為的是描寫詞人的心情。而「桃源望斷無處尋」的「桃源」，指的是陶淵明筆下的桃花源，秦觀借用了這個典故，一是因為〈桃花源記〉中曾寫到：「晉太原中，武陵人捕魚為業」，「武陵」和郴州一樣都在湖南；二是桃花源是陶淵明心目中的理想世界，但故事的結尾，卻是這個桃花源再也找不到了，所以秦觀也借來指自己的理想是「望斷無處尋」的。

前三句是以虛景來描述自己的心情，但接下來「可堪孤館閉春寒，杜鵑聲裡斜陽暮。」卻是實際寫詞人的處境。由於秦觀到郴州時，幾乎沒有家人的陪伴，所以秦觀才用「孤」這個字，帶出他孤獨居住在此的感受。春寒封閉住了他所住的孤館，已是令人難以忍受，卻又不停聽見杜鵑鳥的啼聲說著：「不如歸去❶。」實在是令人斷腸。詞的上片，可說是寫盡了作者失意與孤獨的雙重痛苦。

❶相傳在很久以前，蜀君杜宇死後化為杜鵑鳥，這種鳥的叫聲聽起來像是在說「不如歸去」，因而經常引發思鄉之愁或離愁。

下片的「驛寄梅花，魚傳尺素」，是指書信、音信。「驛寄梅花」是個典故，三國時的陸凱，曾折了一枝梅花寄給遠方好友范燁，並寫詩說：「折梅逢驛使，寄與隴頭人。江南無所有，聊贈一枝春。」而「魚傳尺素」，是指信紙還沒普及時，古人總會以絹帛寫信，再置於魚形木板中寄出。秦觀此處用了兩個關於通信的典故，是指遠方親友寄來的書信。然而，這些書信卻引發詞人無數的恨——有離恨，也有對人生如此的憾恨，而這些恨是那麼沉重，一重一重的堆砌了起來，也使詞人發出了無奈之語：「郴江幸自繞郴山，為誰留下瀟湘去。」郴江的水發源於郴山，本來是好好的繞著郴山而流，但為何又要離開，流到瀟水和湘水去呢？這兩句詞，正道盡了「無可奈何」四個字。也許郴江是不想離開郴山的，但現實卻是必得離開；就像詞人，他是不想離開親友的，更不欲人生的理想落得一場空，可是，現實卻不得不使他如此，所以他也有一種「我到底是為誰變得如此呢？」的感慨。

「郴江幸自繞郴山，為誰留下瀟湘去。」這兩句，可以說是神來一筆，把人生那種身不由己的無奈比喻得極好，也難怪「同是天涯淪落人」的蘇軾，會如此喜愛這兩句詞了。在秦觀過世後，蘇軾除了把這兩句題在扇子上之外，還寫了「少游已矣，雖千萬人何贖」，意思是說，秦觀已過世，即便再有千千萬萬的人，也沒人能代替得了他，可見，蘇軾對於這個學生，也是相當惋惜和欣賞的。

蘇軾與秦觀的師生之情

秦觀身為「蘇門四學士」，也是蘇軾最喜愛的學生。據《宋史．秦觀傳》記載，秦觀初見蘇軾時，作了〈黃樓賦〉，蘇軾便讚賞他有屈原、宋玉般的才華。往後，秦觀的仕途也受了蘇軾的得意與失意影響，但被貶以後，兩人由於距離遙遠，不得相見，只能靠著書信維持感情。

蘇軾被貶惠州以後，又被貶到儋州（海南島），秦觀也被貶到雷州。等到宋徽宗即位、向太后攝政，蘇軾等人才又獲得赦免。蘇軾在回到中國本土的路上經過雷州，與秦觀見了面，兩人相見後，真是恍如隔世，悲喜交加。在蘇軾晚年，蘇門四學士中，也唯有秦觀有緣與蘇軾見面。但後來在雷州這段時間的會面，竟是師徒最後的相處，因為沒多久後，秦觀就去世了，這也令蘇軾惆悵不已。

三十一、誰是北宋最佳作詞作曲人？

一般來說，作詞對文人不是難事，但若要製作新曲，恐怕就要被難倒了。本來，詞曲的完成就是分工的，擅於音樂的人作曲，擅於文學的人作詞，只有少數人能兩者兼得，而北宋卻有這麼一個重要的詞人，他既熟悉音律，能自創新調，又能於作詞時開創新的藝術手法。這個人，就是周邦彥。

周邦彥，字美成，本為錢塘人，二十四歲時入汴京做太學生，因寫了〈汴都賦〉，受到宋神宗的賞識。但哲宗繼位後，高太后聽政，重用舊黨人，周邦彥因受波及，離開汴京出任廬州教授。直到哲宗親政，復用新黨，周邦彥才又被召回。徽宗時，則進入大晟府，大晟府是當時掌管樂律的機構，周邦彥在此時開始審定古代樂調，增加較長曲調的創作，或改變樂調，合不同調的曲子為新曲等，在音樂方面頗有貢獻。

合不同調的曲子為新曲，又稱之為「犯調」，例如把三個不同調子組合在一起，稱為「三犯」，像是「三犯渡江雲」；把四個不同調子組合在一起，則稱為「四犯」，例如「玲瓏四犯」，這些都是創自周邦彥。此外，還有合六種曲調的，叫作「六醜」，也是周邦彥所創。相傳李師師曾經將〈六醜〉唱給宋徽宗聽，但徽宗覺得這個名字很奇怪，就傳周邦彥來問，周邦彥說：「這首曲子總共犯了六調，聽起來很美，可是非常難唱，就好像過去高陽氏（顓頊）有六個孩子，才華都很高，但長得不好看，所以叫『六醜』。」可見，像這類犯調的樂曲，是比較長的，而且變化轉折比較多，對於歌者也是一種新挑戰。

周邦彥精心所創的曲調變化既多，那麼作詞呢？他在作詞的時候，擅於鋪陳事情，也會精心安排整首詞的章法結構，而且能夠穿插許多轉折或跳躍；另一方面，他也喜歡使用典故、修辭，在詞的藝術手法上有很大的突破。但是，雖然藝術手法精妙，有許多人卻認為他的詞比較難懂，所以也比較難直接的感動人，像王國維就曾經在《人間詞話》中說：「美成深遠之致不及歐、秦，唯言情體物，窮極工巧，故不失為第一流之作者。但恨創調之才多，創意之才少耳。」意思是說，周邦彥詞的意境，比不上歐陽修和秦觀，但若是就藝術手法而言，他能寫得非常精緻工巧，所以還是能視為第一流的作家。可惜，若以創造新曲調和創造意境這兩種才華相比，周邦彥還是比較擅長創造新曲調的。

但是，回歸詞的本質，它畢竟還是與音樂有很大的關係，像周邦彥這樣精於音律的人，對於詞的格律也很斤斤計較，不可隨便；在此同時，又能使用精妙的藝術手法，去鋪陳、設計詞的章法結構，重視典故、鍛鍊字句，維持著詞的本色，所以，在詞史上地位不凡。像南宋的姜夔、吳文英等人，都受到他很大的影響。

什麼是「自度曲」？

「自度曲」也叫作「自度腔」、「自製曲」，是指從曲到詞，都是由同一位詞人新創的。這個名詞最早出現於《漢書．元帝紀》：「元帝多才藝，善史書，鼓琴瑟，吹洞簫，自度曲，被歌聲。」後來便指自創的樂曲。

在宋代也有許多善於音律的詞人，如柳永、張先、賀鑄、周邦彥、姜夔、吳文英等，他們都會創作自度曲。像周邦彥所自創的新曲調有五十多個，「蘭陵王」便是其中之一。但北宋的詞人，卻不大會在作品前標明「自度曲」，後來會去標明的，是南宋的姜夔，他有名的〈揚州慢〉、〈暗香〉、〈疏影〉、〈杏花天影〉等，都是自創的新曲，也都在題前標明了「自度曲」。

另外，自度曲通常也是先譜了曲調，再填寫歌詞，與一般「倚聲填詞」一樣。但也有例外，如姜夔的自度曲，就是先有詞才作曲，這種作詞方式有個好處，因為是曲調去配合歌詞，歌詞比較不會受到音樂的束縛，且更能將情感發揮出來。不過，通常要音樂素養很高的詞人，才有辦法這樣做，否則，還是無法將曲調與歌詞的搭配做到完美。

三十二、為什麼說周邦彥擅長「時間的魔法」？

當我們要敘述一件事情的時候，往往會採用「順敘」的方式，也就是按照事情發生的先後順序去描述。但是，在文學、電影或是戲劇裡，卻有許多創作人會打破這個規則，他們可能先講現在，再回過頭講過去的事情，或者採用現在↓過去↓現在這種時空互錯的方式。例如電影《鐵達尼號》，就是先從打撈鐵達尼號的「現在」開始，再由女主角回憶過去在鐵達尼號上發生的事情，而中間又偶而回到「現在」交代一些事情。有的敘述方式，還會包含過去、現在、未來等時間點，彷彿帶著讀者或觀眾搭乘時光機，自由穿梭在不同的時間中，也讓敘事方法有了更多的變化。而北宋有位詞人，也善於這種時間跳躍的方式來寫詞，他就是周邦彥。

舉例來說，像周邦彥有一首〈蘭陵王．柳〉：

柳陰直。煙裡絲絲弄碧。隋堤上、曾見幾番，拂水飄綿送行色。登臨望故國。誰識。京華倦客。長亭路，年去歲來，應折柔條過千尺。

閒尋舊蹤跡。又酒趁哀絃，燈照離席。梨花榆火❶催寒食。愁一箭風快，半篙波暖，回頭迢遞便數驛，望人在天北。

悽惻。恨堆積。漸別浦縈回，津堠岑寂。斜陽冉冉春無極。念月榭攜手，露橋聞笛。沉思前事，似夢裡，淚暗滴。

這首詞寫於周邦彥將離開京城時。在離別的情境中，「柳」一直是常出現的角色，因為「柳」諧音「留」，古代送別時，常折柳枝以贈別，表示對對方依依不捨，希望他能留下。此詞共分三片，第一片開頭就以柳點出離別，寫茂密的柳枝如煙如霧，每一絲都碧綠不已。隋煬帝開通運河時，曾在岸旁所種植的柳樹，總是飄揚著，大約已經經歷過許許多多的送別場景了吧！登高望向故鄉，誰能理解我客居京城的厭倦？在路邊供人休息、送別的長亭，那年年送別之人所折下的柳枝，恐怕加起來已有千尺之多。

第二片轉寫離別筵席的情景。閒來時，尋著舊日蹤跡，隨著哀戚的琴絃聲舉起酒杯，明燈照耀著離別的筵席，梨花開了，要取榆火了，寒食節的季節又到來了，時光匆匆。船隻好像與我作對般，乘著風，如箭一般迅疾的離去，水面上看似只有半根的竹篙，攪開了溫暖的水波，回頭一望，瞬間已遠遠地離開了好幾個驛站，送行者站在遙遙的天北邊。

第三片則寫離別的心情。悲傷和離恨在心中堆積，遙想岸上那一頭，應該是人們已漸漸地離開了岸邊，渡口寂靜下來，斜陽緩慢下垂，春色無邊。想起過去曾在月夜的臺榭中，一同攜手，在夜露深重的橋上，聽聞笛聲，沉思著從前的回憶，不禁暗暗滴下淚珠。

由以上內容可以看得出來，時間是一直跳躍的，第一片懷寫以前曾有許多離別不斷在上演，是過去；第二片與第三片的前五句，則寫回現在，自己與對方正離別的場景；第六、七句則寫對過去的追憶，時間是過去，最後三句則又寫回現在，敘述回憶往事時的心情。這樣的手法，是周邦彥詞中一個很大的特色，因為過去的詞人，幾乎都是用順敘法在寫事件，到周邦彥才開始採用錯綜的時間交替法。如果說一首詞就是一個故事，那無疑的，周邦彥說故事的方法，是擅用「剪接」的，由此更能看出，他是多麼精心設計詞的章法結構。

❶古時寒食節不能燒火，只能吃冷食，待寒食節過後，重新取火，其中榆樹和柳樹最容易起火，所以經常被使用。後來榆火也延伸出「春景」之意。

北宋「集大成」的詞人是誰？

清朝詞人兼詞學家周濟曾在《宋四家詞選．目錄序論》中說：「清真，集大成者也。」意思是說，周邦彥是北宋詞之集大成者，為什麼呢？因為在他之前，或跟他同一時期，有不少著名的詞人，各有其風格，而周邦彥則能夠兼擅各個詞人的長處，所以才有「集大成」之美譽。

以詞作內容來說，周邦彥走的是詞的傳統之路，以寫情感為主；就敘事手法而言，則是承繼了柳永對於長調的創作，但柳永敘事是平鋪直敘的，周邦彥卻懂得利用時間跳躍等方式，讓敘事具有曲折變化；再就創作手法而言，他也吸收了蘇軾「以詩為詞」的原則，用比較文人的方式去寫詞，進而像賀鑄一樣用典、引用或改造前人的詩句，營造出文雅的風格。此外，像秦觀在描寫男女感情的時候，會融入自己的遭遇、生平，這點也影響了周邦彥，就風格來說，周詞中也頗有秦觀詞中語言雅麗的味道。

不只如此，周邦彥精通音律，而詞一開始就是與音樂密不可分的，所以周邦彥的詞注重格律這點，也等於是堅持詞之本色與傳統。他堅持傳統，又兼取各家所長，有所創新，難怪會被稱為北宋詞之「集大成者」。

三十三、周邦彥的〈少年游〉講的是哪位佳人和君王？

宋徽宗是北宋第八個皇帝，歷史對他的評價，多半都是奢侈糜爛、荒淫無道的。後宮雖有三千佳麗，但他仍經常微服出宮，尋歡作樂。在當時，京中第一的「角妓」（才藝絕佳，地位較高的歌妓）李師師，自然很快地就被徽宗召幸，成為徽宗的新歡。

而周邦彥，是精通音律、集前人之大成的詞人，平時擔任小官。著名的詞人與歌妓，經常是關係密切的，所以他也和李師師相好。據南宋張端義《貴耳集》的記載，有一天，周邦彥正在李師師的家中，突然宋徽宗就來了，周邦彥躲避不及，只好躲到床下去。徽宗跟李師師說：「我帶了一顆江南剛進貢的新橙。」接著，徽宗就在那裡待了一夜，周邦彥也就這樣躲了一夜。早上等徽宗離開後，周邦彥把昨晚這件奇事，寫成了〈少年游〉：

> 并刀如水，吳鹽勝雪，纖手破新橙。錦幄初溫，獸煙不斷，相對坐調笙。
> 低聲問向誰行宿，城上已三更。馬滑霜濃，不如休去，直是少人行。

這首詞的意思是說，并州的剪刀像水一樣明亮，吳地的鹽比雪潔白，正好拿來調和橙子的酸味，而她正用纖纖玉手把橙子的皮剝開。棉被才溫過，獸形香爐不斷傳出香味，兩人相對坐著，聽她吹笙。接著，她低聲問，今晚您要在哪兒休息？都已經三更天了，外面地上霜重，馬蹄容易打滑，您就別離開了，外面幾乎沒有行人了。

結果，李師師大約是覺得很有趣吧，就把這首歌拿來唱。徽宗一聽，這不是那晚我們約會的情景嗎？問出是周邦彥所寫以後，徽宗大怒，找來了總是逢迎巴結他的奸臣蔡京，尋了理由，便把周邦彥貶謫出了京城。再過一、兩天，徽宗又去找李師師，卻發現她不在，等她回來後追問行蹤，李師師便說她是去替周邦彥送行。徽宗問道，他可還有再寫新詞？李師師便唱了周邦彥新作的〈蘭陵王〉。結果，徽宗一聽大為欣賞，又把周邦彥召回，讓他擔任大晟府（北宋掌管、整理樂曲的機構）的主管。

這個故事，有人說是後人穿鑿附會，但是仍然流傳甚廣。而《貴耳集》的作者，在這個故事的最後，批評說：皇帝和臣子居然可以同時出現在歌妓家裡，國家的安危可想而知。姑且不論此故事是否為真，這個批評倒還算確實，因為不僅李師師，徽宗還有不少沉溺於聲色的例子，又寵信蔡京、童貫等人，搞得朝政烏煙瘴氣。加上他好大喜功，聽信蔡京、童貫的話，以為能夠聯金滅遼，光復燕雲十六州，但事實證明，這只是加速了國家的滅亡，最後落得被金人俘虜的下場。雖然他不是北宋最後一個皇帝，卻要為北宋滅亡負很大的責任。不過，如果宋徽宗不做皇帝，專心於繪畫和書法的話，應該會變成非常傑出的藝術家。

宋代第一名妓李師師

古代由於歌妓的身分低下，很少會有關於她們的生平紀錄，但像李師師這樣有名的歌妓，還是可以從一些宋人的筆記、小說當中，找出一些相關資料。據說，李師師本來是一名染坊匠人的女兒，姓王，但母親在她很小的時候就去世，父親則在她四歲時，犯了罪，死在獄中。後來她被倡家的李姥收養，走上歌妓這條路。但有趣的是，因為她為人慷慨，頗像個女俠，便和漢代的李廣一樣，有「飛將軍」的稱號，加上才貌雙全，便成了紅極一時的歌妓。

其他關於李師師的傳聞還有很多。例如《宣和遺事》中說到，宋徽宗後來冊封李師師為妃；或說徽宗為了經常見到李師師，偷偷從皇宮中修了一條地道，通往李師師家。而北宋滅亡後，李師師的下落也成謎，有人說她殉國，也有人說她流落民間。至於流落到哪裡，說法也不一，這些傳聞是否為真，目前還是有很多爭議。不過，《宣和遺事》中有一些關於李師師的故事，而後來的《水滸傳》則是以《宣和遺事》為底本創作出來的，所以在《水滸傳》中也有李師師出場。或許，就是因為她曾負盛名，加上《水滸傳》中有她，使她成為了宋代最有名的歌妓。

三十四、我很醜，可是我很深情：才高八斗的賀鑄

由李格弟作詞、趙傳演唱的〈我很醜，可是我很溫柔〉，曾經風靡一時，因為這首歌鼓勵了很多人：長相不好看不代表一切，因為我還是有其他優點的！而若北宋詞人賀鑄地下有知，恐怕也會對這首歌心有戚戚焉吧！

賀鑄也是北宋重要的詞人，相傳他相貌醜陋，但才氣甚高，尤其擅於寫婉約詞，但也有部分詞作能夠顯現出他豪氣的一面。在他的詞中，以〈青玉案〉（凌波不過橫塘路）最具代表性，全詞如下：

凌波不過橫塘路。但目送、芳塵去。錦瑟華年誰與度。月橋花院，瑣窗朱戶。只有春知處。

飛雲冉冉蘅皋暮。彩筆新題斷腸句。若問閒情都幾許。一川煙草，滿城風絮。梅子黃時雨。

這是一首思懷佳人的作品，「凌波」一詞，來自三國曹植〈洛神賦〉❶中的「凌波微步，羅襪生塵」，這裡借來形容一個像洛神般的絕世女子；「橫塘」則是在蘇州，賀

鑄曾經住在那附近。「但目送、芳塵去」是寫目送女子的離開。所以前兩句詞，是寫佳人不來，詞人傷心的目送她飄然而去。在這裡，賀鑄用浪漫的筆調與典故來加以點染，使得平常的意思有了特殊的美感。「錦瑟華年誰與度」則是化用了李商隱的詩〈錦瑟〉：「錦瑟無端五十弦，一弦一柱思華年。」意思是說，這美好的華年，誰能與我共度呢？詞人接著又想像「月橋花院，瑣窗朱戶」，應該是她的居處，可是這居處恐怕「只有春知處」了。

下片的「蘅皋」，是指長滿了香草的水澤，同樣是出自〈洛神賦〉：「爾乃稅駕乎蘅皋。」是說曹植在見到洛神之前，曾歇馬於水澤旁；而南朝時的江淹又有〈休上人怨別〉詩說：「日暮碧雲合，佳人殊未來。」所以「飛雲冉冉蘅皋暮」一句，化用了曹植與江淹的作品，意思仍是寫那位佳人杳無蹤跡，而詞人苦苦等待。「彩筆新題斷腸句」，繼續使用江淹的典故：江淹年輕時，非常有文才，但老年後，卻寫不出好作品了，相傳在他晚年時，有一天，夢見東晉的郭璞，他也是極有名的文學家，郭璞說他有枝五色彩筆放在江淹那裡很多年了，現在要來討回，江淹果然在身上發現了一枝彩

❶「洛神」相傳是伏羲氏的女兒，因為溺死於洛水中，成為洛水之神。曹植〈洛神賦〉序中提到，黃初三年，他到京師朝見魏文帝曹丕，回程經過洛水，聽聞傳說後，便模仿宋玉〈神女賦〉寫下此賦，想像出自己在洛水邊與洛神相戀的故事。

筆，就還給了郭璞，但夢醒後，就發現自己「江郎才盡」，再無寫作靈感。賀鑄借用「彩筆」的典故，說自己寫下了思念佳人的詞句。「若問閒情都幾許。一川煙草，滿城風絮。梅子黃時雨。」則是這首詞中最出色的地方，意思是說，自己的愁苦，就像整條河川旁遍地的煙草、滿城飄飛的柳絮、黃梅時節的雨一樣，非常之多。

李後主曾寫「問君能有幾多愁，恰似一江春水向東流」，形容自己的愁如流水般無窮無盡；賀鑄在這首詞的最後，也是一樣的手法，但轉而寫愁的「多」，用以比喻的對象也變成了三個，且非常貼切，受到許多人的讚賞，賀鑄也因此得到了「賀梅子」的雅號。此詞情深感人，也讓人感受到他陽剛性格下細膩柔婉的情感。相傳賀鑄會寫下這首詞，是因為他曾在橫塘路上遇到一個讓他驚為天人的女子；甚至為了能再度見到她，還在那附近建了一間屋子。但這傳說沒有什麼根據，只能增添一些讀者對於此詞的浪漫想像而已。

「鬼頭」是哪位詞人的綽號？

賀鑄，字方回，號慶湖遺老。根據《宋史．文苑傳》的記載，他的外表是「面鐵色，眉目聳拔」，意思是說，賀鑄的臉色是青黑色的，眉毛生得高聳直豎；再者，他的頭髮很稀少，挽成髮髻時，只有小小一個，他的朋友郭祥，就笑他髮髻太小又沒鬍髭，真不愧是「賀梅子」（梅子諧音「沒髭」，又可以兼形容髮髻很小），所以他的面貌是不好看的。不過大概是「眉目高聳」的關係，所以看起來有股英氣，賀鑄也說自己是「虎頭相」。因為以上的原因，所以他還有「賀虎頭」、「賀鬼頭」等綽號。

賀鑄長得雖不好看，但天資聰穎，家世不低，是宋太祖孝惠皇后的族孫，家中世代都是做武官的。或許是這個原因，使得他的性格也耿直有俠氣，對於不喜歡的達官貴人，便不假辭色，還會批評謾罵。他一直沒有參加科舉，也不是很想擔任武官。基於以上這些原因，他在仕途上不是很得意，生活也曾過得不是很好，可是他的詞作在當時卻頗有知名度，〈青玉案〉這首詞一出，還曾引起一陣唱和之風。他作詞也擅用典故或化用前人的句子，並喜歡在作詞之後，根據詞中內容或句子，把詞調的名稱改掉，如〈青玉案〉，賀鑄就再取個別名為〈橫塘路〉。同時他也通曉音律，能作自度曲，所以他也是詞曲兼長的詞人。

三十五、堪稱「詞中之后」的人是誰？

詞帝或許可以有不同的人選，但詞后，就絕對只有李清照一人。

李清照，北宋神宗元豐四年生，齊州歷下人，自號易安居士。她出身書香世家，十八歲時，嫁給二十一歲的太學生趙明誠，婚後兩人十分恩愛。更難得的是，他們有著共同的興趣，例如都很喜歡看書、藏書，也很喜歡畫，因此雖然經濟不是很富裕，但只要有一點閒錢，就會用來收藏書、畫等文物。趙明誠是金石學家，喜歡研究古代鐘鼎器物上的銘刻、碑文墓誌之類的石刻等，兩人還曾合力完成《金石錄》，是研究金石學的重要資料。

他們的興趣相投，自然就有不少夫妻間的生活情趣。例如，李清照是個記憶力很好的人，每次吃完飯，他們都會泡茶來喝，但喝茶以前，一定要先互相考考對方，某個典故是出自哪一本書？第幾行第幾頁？贏了才可以先喝茶。但因為贏的人最後都會很開心，大笑到把茶都潑到身上，反而不能喝了，可是他們還是對這種「賭書潑茶」的風雅情趣，感到樂此不疲。還有，據說有次李清照寫了一首〈醉花陰〉，裡面有千古名句：「莫道不銷魂，簾捲西風，人比黃花瘦。」寫因相思而憔悴消瘦，表現出趙明誠不在身邊時的想念之情，並把此詞寄給趙明誠。趙明誠自嘆不如，就閉門謝客，廢寢忘食了三天，寫了五十首詞，再把李清照的〈醉花陰〉也混在裡面，請朋友陸德夫觀看，結果陸德夫讚不絕口的，還是李清照那三句詞。

但，好景不常。靖康之難發生後，他們當時所住的青州又發生兵變，兩人往南遷移，到了江寧，生活也陷入困難。沒多久後，趙明誠在建康病逝，而以往所鍾愛的珍藏，又在搬家、戰亂、劫掠等情況下，幾乎遺失。約三年後，她再嫁張汝舟，這在宋朝是常見之事，但婚後她發現被欺騙，便在結婚三個月後，對丈夫提出訴訟。但按照宋代法律，妻子對丈夫提告，就算成功，妻子也要受罰。幸好有朝中親戚相救，她告贏後只坐了九天的牢。但在歷經這麼多變故後，又失去寄託慰藉的方式，使得李清照痛苦不堪，她的詞作因而有了很大的改變。以往她的生活幸福美滿，只是有時會與趙明誠分隔兩地，因此她的詞作過去多以愛情、相思為主，雖有愁緒，但不及南渡、喪夫以後，詞作多為悼亡傷痛、孤苦無依之感的抒發，情感也就更沉痛深刻了。

除了寫詞，李清照也用心於詞的創作理論。她寫了一篇〈詞論〉，認為詞必須合於音律，詞語的運用不可過於粗俗等。所以她批評蘇軾的詞只是「句讀不葺之詩」，又往往不協音律」；又批評柳永「詞語塵下」，然後強調詞不可失了它本身的傳統，也不可與詩混為一談，因為詞「別是一家」。但因為〈詞論〉中批評了不少詞人，所以後來有些人不能認同李清照。可是重視詞的本色這一點，對後來詞的發展影響很大，且女性寫文章闡述創作理論的，她大概是第一人。加上她的詞作中，有不少經典之句，如

〈一翦梅〉：「此情無計可消除，才下眉頭，卻上心頭」、〈聲聲慢〉：「尋尋覓覓，冷冷清清，悽悽慘慘戚戚」等，所以也有人說她「詞超絕古今」，一點都不輸男性詞人。她在詞的創作與發展上，都有很重要的地位。

延伸知識

「詞中之后」的另一個真面目是？

李清照曾經在《打馬圖經・序》中說：「予性喜博，凡所謂博者皆耽之，晝夜每忘寢食。且平生多寡未嘗不進者何？精而已。」這段話的意思，是說她生性喜歡賭博，為了賭博，可以不吃不睡，而且很少會輸，因為她很精通此道。所以，「詞中之后」的另一個真面目，其實是「賭后」。

賭博有很多方式，有像擲骰子這樣簡單、只看運氣的，也有像大老二、麻將這樣講究技術的。歷史上也有不少知名女性喜愛賭博，例如楊貴妃喜歡擲骰子、慈禧太后喜歡麻將等，而李清照最愛的賭博是一種叫「打馬」的遊戲，據說，麻將就是從它發展而來的。打馬的進行方式與賞罰規則都頗為複雜，所以技術和反應都非常重要。

當然，以李清照的情況來說，她絕對不是會為了賭博而傾家蕩產的人，而是把賭博當作「閨房雅戲」。而且她還把打馬做了些改良，記錄於《打馬圖經》一書，並說自己很少輸，因此說她是賭后也不為過。她的好賭有兩個特色，一是傾向於文人間那種較為風雅的方式，像她改良過的打馬，就有這樣的特點，此外，我們從她與趙明誠的「賭書潑茶」也可看得出來。二者，李清照是用一種鑽研學問的態度來研究賭博，所以，她在《打馬圖經．序》的開頭也提到，賭技要強，其實就是要專心一志，能專精，那麼即使是小道，也能到達很高的境界了。

從「詞后」到「賭后」，我們可以發現，李清照不僅聰明，對於她喜愛的事情，也能夠認真鑽研其中，不管是常被視為小道的詞還是賭博，她都能變出許多道理來。

三十六、用了許多俗字的〈聲聲慢〉，為何成為李清照的千古名作？

詞源於市井文化、歌筵酒席之中，後來被文人接手，逐漸發展成較高雅的文學。而文人寫詞，多半也會比較注重藝術手法，一首詞如果太過俚俗，就常為人所詬病。可是這也不代表用了許多俗字的詞作，就一定不好，至少，著名女詞人李清照所寫的〈聲聲慢〉，就使用了許多俗字，卻一直被視為上上之作。〈聲聲慢〉全詞如下：

尋尋覓覓，冷冷清清，悽悽慘慘戚戚。乍暖還寒時候，最難將息。三杯兩盞淡酒，怎敵他、晚來風急。雁過也，正傷心，卻是舊時相識。

滿地黃花堆積，憔悴損，如今有誰堪摘。守著窗兒，獨自怎生得黑。梧桐更兼細雨，到黃昏、點點滴滴。這次第，怎一箇愁字了得。

這首詞約寫於李清照南渡、喪夫以後，開頭的「尋尋覓覓」就點出孤苦無依，想把舊日美好時光找回的感受，但過往已不再，只空留冷清、悽慘、愁苦之情。接著又說，在還有些溫暖卻又有幾分涼意的秋天，是最難休養身體的，只兩、三杯薄酒，怎能抵擋夜晚猶寒的風呢？而大雁常被古人視作故鄉的象徵，看見大雁飛過，就勾起了作者的思鄉之情。接著，作者又描寫菊花瓣散落滿地，花朵憔悴不堪摘折的情景，而獨自一人守在窗邊，該怎麼熬到天黑？細雨打在梧桐葉上，在黃昏中發出滴滴點點的聲音，這情形，怎能用一個愁字說得完？

此詞中，可看見許多在當時很白話、常見的用字，例如尋覓、冷清、將息❶、傷心、黑、怎、愁、了得❷等。照理說，頻繁使用淺白俗字的作品，較難有高雅、情意深長的境界，且詞人作詞時，也會盡量不要讓詞語太過重複。可是這首〈聲聲慢〉卻把這些該避諱的寫法都用上了，還能成為佳作。主要是因為開頭的十四個疊字，用得很有技巧，既能夠有聲調的抑揚頓挫，還兼有雙聲與疊韻。下片「點點滴滴」也是，不只和開頭的十四個疊字有所呼應，又能直接呈現出冷清悽慘的情景，使讀者很容易就進入作者要表達的情緒，再進而感受到更深一層的悲苦。所以，這些字雖然又俗又重複，但卻能巧妙呈現出音律之美，兼具看似直接，卻又深長的情意。

而像傷心、黑、愁等字，雖然沒有重複，但也是毫無新意的字眼；將息、了得

❶唐宋時的俗語，為休養、保重身體之意。
❷濟南章丘地區的方言，為了結、完結之意。

等，也是俗語或方言，都不是很雅的字詞；「怎」這個字，更是口語，還前後用了三次。但是它們都被運用得很巧妙，能夠自然地融入詞的意境之中，看不出作家故意鍛鍊、計較用字的痕跡，反而讀起來順暢自然、不做作。也因為多用俗字，作品內容很好理解，便更有親切感，所以被評論為「以俗為雅」、「以故為新」，看似平淡簡單，卻又能深刻表現出作者那歷經生離死別、國破家亡的淒苦。

要做出手續繁複、色香味俱全的功夫菜自然是難，可要把一盤平淡的蛋炒飯，炒得非常好吃，恐怕更難。作詞也一樣，透過修辭、用典等藝術手法把詞寫好很不簡單，但不經雕飾的使用俗字，卻能寫好詞，更是不簡單。所以，用了許多俗字的詞，只要能經過作者的巧思，還是能成為千古絕唱的。

延伸知識

哪些詞人也會用俗字作詞？

以常見的俗字，或者非常口語化的方式作詞，在宋代不算少見，像柳永就常會在詞中使用我、你、伊等字，例如〈傾杯樂〉：「向道我別來，為伊牽繫……問甚時與你，深憐痛惜還依舊」；〈惜春郎〉：「敢共我勍敵❸。恨少年、枉費疏狂，不早與伊相識」等。此外，像「了」、「怎」字等也不少見。這類詞是寫給歌妓唱的，很大眾化、通俗的詞，所以常被批評。但另一方面，用這種比較通俗口語的字詞作詞，其實就像詞裡面多了點小說的對白，會比較生動活潑些，也能增加語彙的使用。所以俗字作詞，後來也影響了一些詞人。

之後的黃庭堅，也多少受到影響，喜歡用這種方式作詞，詞中除了我、你、伊之外，也有冤家、咱、怎、麼、嘛、了等，甚至用方言入詞。清代有名的文學批評家劉熙載，曾寫過一本《藝概》，裡面提到黃庭堅詞的時候，就說：「惟故以生字俚語侮弄世俗，若為金元曲家濫觴。」意思就是說，黃庭堅喜歡用少見的字和俚俗的語言寫詞，為後來金、元人寫曲的開端。因為曲的語言確實比詞又更通俗、口語化，所以劉熙載才會這樣說。

用俗字作詞，我們可以看到像李清照這樣成功的例子；而柳永、黃庭堅等人，則有時候用得太過，導致詞沒有餘味和美感。所以，若要以俗字作詞，恐怕得要斟酌使用的頻率及方式，才能作得恰到好處。

❸指實力很好的敵人，或實力相當的對手。

三十七、最智勇雙全的詞人是誰？

詞，本來就是文人才會去創作的，我們很難想像會有武將也是個詞人，連到過邊塞主持對抗西夏事業的范仲淹，也是文人，不是武將。但是，就是有一個智勇雙全的詞人，他能寫出動人的詞篇，也能上戰場英勇殺敵，這個人，就是鼎鼎大名的辛棄疾。

辛棄疾在南宋紹興十五年（金天眷三年），出生於山東濟南府歷城縣，當時已是靖康之難過後，宋的政權遷移到南方，山東則是由金所統治，漢人的日子很不好過。而辛棄疾的祖父辛贊，雖然在金朝任官，卻常常帶著年幼的辛棄疾登高遊覽，指著遠方的故土山河，告訴他，莫忘這個國仇大恨。在耳濡目染之下，辛棄疾便立志走向抗金之路。

紹興三十一年，金朝君主完顏亮起兵侵宋。這時有許多不堪被金人統治的漢人，決心起義反抗。其中由一位農民耿京所帶領的義軍，很有實力，辛棄疾也號召人馬加入，想要在山東起事。他並親自南下，上表給宋高宗，希望能聯手抗金。誰知，耿京有個部下叫張安國，背叛他們，投靠於金，還殺害了耿京。辛棄疾聽到這個消息後，立刻領兵五十騎，殺入金營。當時金營中，差不多有五萬大軍，而張安國正在裡面與金人喝酒慶功，辛棄疾竟能以寡擊眾，生擒張安國，再把他押回南宋處決。此一壯舉立刻轟動了南宋上下，辛棄疾也從此打響了他的名號。

後來，辛棄疾於南宋任官，且仍積極主張北伐。可是，自從宋朝重文輕武、常吃敗仗以來，朝廷上下都瀰漫著一種得過且過、偷安一時的風氣，遇到戰爭失敗，就一味求和了事，所以，他的理想很不好實現。有一年，他任湖南安撫使，在那裡籌備組織「湖南飛虎軍」，招兵買馬、建造軍營。由於這些需要很多經費，引起朝野議論，說他用錢過度，宋孝宗知道後，就下了金牌命他停止。但辛棄疾收到金牌後，竟藏了起來，加緊趕工建造軍營。中間遇到瓦片不夠的問題，辛棄疾還下令，要民眾將自家、水溝的瓦捐兩片出來。等飛虎營完成了，他再對孝宗報告：雖然金牌收到了，但飛虎營也建好了。而且，飛虎營往後還成為了軍事重地，再次證明他非常有勇有謀。可惜，他的理念一直與主和派不同，加上他是從北方過來的，南宋有許多朝臣，一直對這樣的人有偏見，導致他仕途不順，常遭排擠中傷，最後甚至還被罷官。賦閒的時間，前後加起來大約有二十年。

因此，他經常在詞作中，抒發壯志難酬的感慨，和對國事的熱切關懷。在作品數量上，現存約有六百二十六首，是目前所知作品最多的詞人，可見他有多專注於寫詞。同時，他也和蘇軾並稱「蘇辛」，因為他們都經常將自己的抱負、心志寫於詞中，被歸類為「豪放派」詞；且在辛詞中，尤其可見他關心國家、積極欲有所作為的理想。此外，辛棄疾還擅用典故，所以讀他的詞，初看會比較困難，因為要把他用的典故都弄懂了，才能了解詞意。他還擅於把文章中的句法、對話、議論、直描等方式融入詞中，創造出「以文為詞」的特色。這些寫作手法，也開創出一個更新的作詞方向。

延伸知識

英雄心目中的英雄又是誰？

辛棄疾曾在他的幾首詞作中，提到漢代的李廣，以及三國的孫權，認為這兩人都是英雄。

李廣是西漢著名的武將，曾數次與匈奴交戰。他善於射箭，有一次出去狩獵，把草叢中的石頭誤認成老虎，一箭射出，箭竟然沒入石頭之中。匈奴多畏懼他，稱他為「飛將軍」。辛棄疾在〈卜算子．千古李將軍〉中，讚揚了李廣的神武，並自比為李廣，說明他和李廣一樣，一直等待機會被重用；而〈八聲甘州．夜讀李廣傳，不能寐。因念晁楚老、楊民瞻約同居山間，戲用李廣事賦以寄之〉中，則用了許多關於李廣的典故，然後感嘆李廣晚年不得志的命運。由於辛棄疾也是不得志的，大概是如此，才會對遭遇相似的李廣「心有戚戚焉」吧！

而提到孫權的詞，則有〈永遇樂・京口北固亭懷古〉及〈南鄉子・登京口北固亭有懷〉。辛棄疾認為，孫權能率領東吳與北方的曹操抗衡，這點令人佩服；同時，這段歷史也和南宋與金的南北對抗有相似之處，所以辛棄疾一方面在這兩首詞中稱讚孫權，一方面也是希望朝廷能具有像孫權一樣的雄心，不要只是苟安一方。

我們常說「英雄所見略同」，辛棄疾與李廣、孫權雖不是同一時代的人，但可能因為背景、遭遇相似，所以讓辛棄疾對他們產生了共鳴。如果李廣、孫權地下有知，在過了一千年後，居然還有這樣一位雄才大略的「粉絲」，應該也會感到十分欣慰吧！

三十八、辛棄疾「眾裡尋他千百度」的「他」是指誰？

辛棄疾有一首〈青玉案‧元夕〉，裡面那三句：「眾裡尋他千百度。驀然回首，那人卻在燈火闌珊處。」非常有名，但是，這裡面的「他」到底指的是誰？則一直有不同的說法。

先來看整首詞的意思，全詞如下：

東風夜放花千樹。更吹落、星如雨。寶馬雕車香滿路。鳳簫聲動，玉壺光轉，一夜魚龍舞。
蛾兒雪柳黃金縷。笑語盈盈暗香去。眾裡尋他千百度。驀然回首，那人卻在，燈火闌珊處。

此詞描寫的是元宵節的情景。上片寫元宵燈會的繁華之景，那燈火燦爛絢麗，如同被東風吹得盛開在千萬棵樹上的花朵，又閃爍得好像流星雨一般。遊人眾多，雕飾華麗的馬車絡繹不絕，香囊脂粉的氣味飄滿了街道。樂聲迴響，而如玉壺般耀潔的燈，轉動著光芒，各式的龍燈、魚燈，舞動了一整夜。詞人兼寫了視覺、嗅覺、聽覺的感受，以及人們整夜不寐，盡興遊賞的盛況，令人神往。

下片則寫賞燈的女子，她們盛裝打扮，頭上戴著蛾型、金線製的柳絲狀髮飾，充滿著笑語、散發幽微暗香的走過。但在熱鬧的眾人之中，我尋了千百回，卻一直找不著那個人，正感失望之際，卻在忽然的一個回頭，看到了那人，正獨自站在燈火稀疏寥落的地方。

這首詞表面的意思，像是詞人與一個女子幽會於元宵節，一時間找不到人，卻在燈火闌珊處，乍驚乍喜的發現原來女子就在那裡。不過，中國的詩詞可以聯想的地方很多，尤其是這類描寫愛情，卻又不直接寫明具體事件的詩詞；加上辛棄疾是一個全心全意關心國家的人，就難免讓人覺得，這首詞不只有表面上的意義，而是另有深意。

所以，歷來對於這首詞，以及「眾裡尋他千百度。那人卻在，燈火闌珊處」的解讀，就有兩種看法。一是認為詞本來就是寫豔情的，所以，辛棄疾有時以詞來寫感情，也很正常。此詞只是它表面所呈現出來的意思，那個「他」也就是一名女子。

另一種說法，則認為這首詞寄託了辛棄疾的懷才不遇，因為他在南宋並未受到重用。像梁啟超就說這首詞是「自憐幽獨，傷心人別有懷抱」，夏承燾則更進一步認為，這首詞中的「他」，表面是寫「一個孤高、淡泊、自甘寂寞的女子」，所以才會獨自站在燈火闌珊處，而不與世俗同樂，因此，這首詞中的「他」，有作者自己人格的寫照，表現出自己孤高的人格，而上片熱鬧的情景，則是用以把這點更加襯托出來。

認真說起來，兩種解讀都沒有絕對的對與錯。這也正是中國詩詞有趣的地方，可以有很多想像空間，所以讀者也可以用自己喜歡的方式去解讀。雖然辛棄疾一直被認為是豪放派的詞人代表，但是從這首詞來看，我們可以發現，其實他寫婉約的詞，也能夠寫得很好，否則，這三句詞不會一直都這麼出名。甚至，網路上的中文搜尋引擎「百度」，其名字就是取自「眾裡尋他千百度」；據說該公司的會議室，也叫作「青玉案」。

延伸知識

宋詞裡的「人生三境界」

王國維，字靜安，是近代國學大師，他的著作《人間詞話》，是一本影響深遠的詞學批評之書。他曾在書中說：

古今之成大事業、大學問者，必經過三種之境界：「昨夜西風凋碧樹。獨上高樓，望盡天涯路。」此第一境也。「衣帶漸寬終不悔，為伊消得人憔悴。」此第二境也。「眾裡尋他千百度，驀然回首，那人卻在，燈火闌珊處。」此第三境也。此等語皆非大詞人不能道。

這段話主要是說明，人要成就大事業或大學問，必得有一番努力的過程，這過程又可分為三個階段的境界。第一個境界，是引用晏殊〈蝶戀花〉的句子：「昨夜西風凋碧樹。獨上高樓，望盡天涯路。」這本來是寫秋日登高，看到草木凋零，而感到惆悵。但王國維借來說明，人生若要有所成就，就得明白在成長過程中，總是會有美好事物不斷逝去，也會因而感到孤獨，可是我們仍要「上高樓，望盡天涯路」，也就是不斷追求崇高的理想，並排除困惑。

第二個境界，則是引用柳永的〈鳳棲梧〉：「衣帶漸寬終不悔，為伊消得人憔悴。」這兩句本是寫因相思而憔悴消瘦，但王國維借來比喻對於理想要執著、努力且不悔。

第三個境界，是引用辛棄疾的〈青玉案〉，用以比喻經過長久努力之後，終會得到成功的驚喜，因為崇高的理想，往往都在難以追尋到的地方，而且，也不是我們能完全預料到的。但是，只要努力，必然還是會獲得那份成果。

這樣的三境界，雖然是「斷章取義」的「移花接木」，有些違背了這些詞的原意，卻也是貼切的比喻。更能讓讀者體會到，中國詩詞得以引發的聯想，實在是無限的。

三十九、上演宋代版〈孔雀東南飛〉的是哪位詞人？

〈孔雀東南飛〉是東漢末年一首長篇鉅製的樂府詩，敘述了一個淒美的愛情故事。這首詩的序說：「漢末建安中，廬江府小吏焦仲卿妻劉氏，為仲卿母所遣，自誓不嫁。其家逼之，乃投水而死。仲卿聞之，亦自縊於庭樹。時人傷之，為詩云爾。」意指廬江府有個小官吏，名為焦仲卿，他有個老婆名為劉蘭芝，一直盡心學習家務，但仍不得焦母喜歡。焦仲卿有心居中調節，焦母卻勃然大怒，逼焦仲卿把劉蘭芝休了。礙於母命難違，焦仲卿只好與劉蘭芝商量，讓她先回娘家，等過一陣子，再找機會把她接回。但劉蘭芝回家之後，卻被自己的哥哥逼迫改嫁，於是改嫁當晚，劉蘭芝投水自盡；而焦仲卿知道這件事情之後，也在一棵樹下上吊自殺了。有人聽了這個故事，覺得很哀傷，便作了這首詩，提醒後人不要再犯同樣的錯誤。

不過，悲劇往往會一再重演，在南宋時，也出現了類似的故事，這次的主角是南宋文豪陸游與其妻唐琬。陸游在二十歲時，與唐琬成親，婚後兩人一直恩愛，但第二年陸游母親就逼陸游休了唐琬，休妻的原因大致有以下兩種說法：一、唐琬不孕；二、陸游與唐琬過於恩愛，陸母怕耽誤了陸游前途。於是陸游與唐琬被迫分開，而後兩人又各自嫁娶。幾年後，某天陸游到沈園（在今紹興市越城區春波弄，宋代時是有名的園林）遊覽，恰好遇到唐琬和她的丈夫，陸游便有感而發，寫下了一首〈釵頭鳳〉：

紅酥手。黃縢酒。滿城春色宮牆柳。東風惡。歡情薄。一懷愁緒，幾年離索。錯錯錯。

春如舊。人空瘦。淚痕紅浥鮫綃透。桃花落。閒池閣。山盟雖在，錦書難託。莫莫莫。

這首詞後來被唐琬看到，也和了一首〈釵頭鳳〉：

世情薄。人情惡。雨送黃昏花易落。曉風乾。淚痕殘。欲箋心事，獨語斜闌。難難難。

人成各。今非昨。病魂嘗似秋千索。角聲寒。夜闌珊。怕人尋問，咽淚裝歡。瞞瞞瞞。

或許是這次重逢所帶來的刺激，不久後唐琬便去世了。而陸游雖一直活到八十五歲，但這當中，仍經常作詩懷念唐琬。例如，提名為〈沈園〉的兩首絕句：「城上斜陽畫角哀，沈園非復舊池臺。傷心橋下春波綠，曾是驚鴻照影來。」、「夢斷香消四十年，沈園柳老不吹綿。此身行作稽山土，猶吊遺蹤一泫然。」由詩文看來，這兩首是作於唐琬過世約四十年後；另有一首〈春游〉：「沈家園裡花如錦，半是當年識放翁。也信美人終作土，不堪幽夢太匆匆。」是陸游約八十四歲那年重遊沈園時所作，可見陸游到老了依舊懷念著唐琬。

和〈孔雀東南飛〉一樣，相愛的愛侶被拆散後，遺留在他們心中的是無盡的痛苦。不過唐琬早死，陸游到老都還懷有遺憾，結局雖不如〈孔雀東南飛〉一般轟轟烈烈，卻也令人唏噓。而前面我們曾介紹過，這兩首〈釵頭鳳〉在宋詞中，是相當有名的和詞，或許正是因為背後有這段故事吧！

延伸知識

執著的陸游

陸游，字務觀，號放翁，南宋人，祖籍越州山陰（今浙江省紹興市）。他生於宋徽宗宣和七年，有八十五歲的高壽，大約是歷史上活得最久的詩人。他非常擅於寫詩，一生大約創作了一萬首以上的作品，由於作品中經常強烈的對國家、時局表示關心，所以一直被定位成「愛國詩人」。他有一首〈示兒〉詩，最為膾炙人口：「死去原知萬事空，但悲不見九州同。王師北定中原日，家祭毋忘告乃翁。」陸游主張南宋北伐，從金朝手中收復中原，本身也投身過軍旅生活，但由於當時朝中有一派是主張與金朝和平相處的，他們經常阻撓像陸游這樣的人，使得他有志不得伸展，因此他只能將悲憤的心情化為詩篇。這首〈示兒〉，作於他死前，表示出未能在生前見中原收復的遺憾，但仍叮囑孩子：若有一天北伐成功了，千萬不要忘記在祭拜時告訴我。關懷國家之情表露無遺。

至於陸游的詞，跟他的詩比起來，比較不知名，也較少寫愛國一類的題材，但仍有佳作，例如這首〈訴衷情〉：

當年萬里覓封侯，匹馬戍梁州。關河夢斷何處，塵暗舊貂裘。
胡未滅，鬢先秋。淚空流。此生誰料，心在天山，身老滄洲。

呈現出他壯志難酬的感慨。其實，我們若從以上所列舉的幾篇作品和他的故事來看，可以看出陸游在感情上是非常執著的，無論是對愛情還是國家，他都在死前仍然牽掛著無法放下，是真正的至死不渝。也或許正因這股執著，才能讓他留下這些千古名作，到今天仍能令人感動。

四十、南宋最佳作詞作曲人是誰？

在北宋，詞曲兼擅的第一把交椅是周邦彥，而南宋，就非姜夔莫屬了。

姜夔，字堯章，號白石道人，饒州鄱陽人（今江西波陽）。他的一生都不是很得志，早年生活環境不大好，父親曾任湖北漢陽知縣，姜夔自幼就隨父親到任，離開家鄉，但父親早逝，後來他又寄居在已出嫁的姊姊家中。他參加過好幾次科舉，但都榜上無名，為了生計，他在揚州、合肥一帶遊歷。當時，常有一些文人，因為比較落魄或不得志，就會盡量藉著詩文等作品，展現才華，以期獲得位高權重者的賞識，姜夔也是其中之一。後來，姜夔三十二歲時，認識了當時的著名詩人蕭德藻。蕭德藻很欣賞他，不僅將自己的姪女嫁給姜夔，帶他居住在湖州，還把姜夔介紹給楊萬里、范成大等當時的大詩人，也受到了賞識。

後來，蕭德藻離開湖州，姜夔搬到杭州居住，由張鑒、張鎡資助生活，就這樣過了很長一段時間，直到張鑒過世。失去了援助後，姜夔的生活每況愈下，還遇到杭州發生大火災，房屋、家產盡失，更加困頓。加上他先前屢次考不上科舉，又不願意巴結奉承的攀關係，所以生活一直好不起來，只能在金陵、揚州等地奔波討生活。晚年病逝於杭州臨安，身後事還是靠好友資助才辦好的。

但，姜夔很有才華，據說相貌、氣質也很好，這樣的詞人，自然會有愛情故事。例如他曾到合肥，認識了一對在當歌妓的姊妹，對她們產生了愛戀；也有一說，是姜夔只愛戀這對姊妹的其中一人，只是三人交往甚密。所以，姜夔經常在詞中提到她們兩位，只不過，姜夔這段戀情終究沒有結果，只能藉由詞來抒發其相思之情，我們也可從這些詞中，看出他對合肥戀人的一往情深。這和以往的詞人寫歌妓時有很大的不同，以前的詞人寫到歌妓，對象可能很多個，也多有逢場作戲的意味在裡面，但姜夔對這戀人卻是一再想念，難以忘懷。據說，范成大曾贈與姜夔一名家妓小紅，可能就是為了安慰姜夔與合肥姊妹分開的傷痛。而姜夔的一些詞中，雖然也有小紅的身影，但論用情最深的，還是合肥的戀人。

姜夔詞的特色，以張炎的評論最有名。他在《詞源》裡說：「詞要清空，不要質實，清空則古雅峭拔，質實則凝澀晦昧。姜白石詞如野雲孤飛，去留無跡。」認為姜夔的詞是「清空」的，好像孤飛在天空中的野雲，來去無痕跡。更具體一點說，就是寫事物時，不著重在其外貌，而著重在其神韻與內在，寫得要雅，不可俗氣。以題材來說，則寫戀情、詠物、憂國、羈旅等為多，也都各有特色和價值。

至於創調方面，犯調、截取大曲子中的一部分成新曲調、改變舊有詞牌的聲韻等，都是他創作的方式。另外，他也會先作歌詞後，再根據歌詞譜曲。例如他在〈長亭怨慢〉的序中所說：「予頗喜自製曲，初率意為長短句，然後協以律，故前後闋多不同。」這就是先有詞再有曲的創作方法，所以詞中的情感和譜上的曲調可以更緊密結合，而不致使歌詞必須一直遷就音樂，受到音樂的束縛，但這必須是熟悉音律，能創作曲調的人才能如此。在他的詞作中，還有十七首作品，注有工尺譜（古代一種記譜的方式，亦即一種樂譜），對於宋代音樂已亡失的今天，是重要的宋代音樂資料。

延伸知識

最會寫詞序的人是誰？

詞在一開始時，只有詞牌名，但後來逐漸有人想要記錄作詞的背景、動機，或記錄與此詞相關的事情，就出現了詞序，通常是一句或幾句話，置於詞作之前。先開始用詞序的，是張先，而後蘇軾、黃庭堅等人也開始效仿。到了南宋，愈來愈多人用詞序，像辛棄疾、姜夔等人，一般的詞序都不會寫得太長，也只當作一種紀錄，但姜夔卻是較為用心的在寫序。

在姜夔的詞序中，不僅會載明作詞的時、地、動機，有時也會論及音律的問題，所以讓後人對於他的生平、行蹤等能更加了解，也有助於理解宋代的音樂。除此之外，他還有部分的詞序篇幅較長，且注重修辭、詞語優美，像一篇短文一樣，如〈一萼紅〉之序：

> 丙午人日，余客長沙別駕之觀政堂。堂下曲沼，沼西負古垣，有盧橘幽篁，一徑深曲。穿徑而南，官梅數十株，如椒如菽，或紅破白露，枝影扶疏。著屐蒼苔細石間，野興横生。亟命駕登定王臺，亂湘流入麓山，湘雲低昂，湘波容與，興盡悲來，醉吟成調。

這段詞序就像一篇雋雅的散文，能進一步引發詞作內容的情感，讓讀者閱讀時，感受更深刻且豐富。

四十一、宋詞中的哪位詞人，堪比唐詩中的李商隱？

《四庫全書總目提要》曾提到：「詞家之有文英，如詩家之有李商隱。」這是把唐代詩人李商隱與宋代詞人吳文英做了比擬。

如果曾參加或觀看過歌唱比賽的話，就會知道，當前面的參賽者唱得特別好時，後面的人就會更加緊張，深怕自己的表現被比下去，這時若想拿到好名次，自然就要想辦法超越前面的參賽者。同樣的道理，詩發展到晚唐，出過這麼多成就很高的詩人，好的句子及創作手法，都被前面的人寫盡了，這時候，想要有好的表現，就得再有所創新或突破才行。而李商隱做到了，發展出他個人獨特的詩風。同樣的道理，詞發展到南宋也已經到達了一個瓶頸，這時，也是吳文英能再有所突破。

吳文英，字君特，號夢窗，他一生都沒做過官，但平常多和一些達官貴人有交往，例如吳潛、賈似道、史宅之等等。他常在蘇州、杭州一帶活動，也寫下不少懷念戀人的詞，研究吳文英有成的近代詞學家如楊鐵夫、夏承燾等人，便對他的生平與詞作進行考證。雖然說法不盡相同，但目前較為公認的說法，大抵是吳文英曾有兩段刻骨銘心的戀情，一是在蘇州所納的妾，但這個愛妾後來離開了他；另一個則是杭州的戀人（或說妾），但是這個戀人後來過世了。這兩段感情都令他很傷心，所以也常在詞作中抒發懷念、悼念之情，而留下非常感人的作品。此外，因為他身處南宋末年，在國勢衰微的狀況下，也有些詞作是對於國家社會的感慨和關心。

吳文英的詞很特殊，也不好讀懂，主要在於他所使用的文字與用典都比較艱深。而且，他也像周邦彥一樣，善於使用時間的跳躍，甚至有過之而無不及。可是另外一方面，若讀懂他的詞，就會發現其中充滿感動人心的力量，可以說他是同時潛心於詞的藝術手法，又能兼顧真實情感抒發的詞人，因此又為宋詞開創出一番局面。可是，也因為他的詞難懂，所以歷來評價不一。像宋代詞論家張炎就說：「吳夢窗詞如七寶樓臺，炫人眼目，拆碎下來，不成片段。」就是針對他的詞不好懂，且詞中的敘述、時空經常跳來跳去，令人費解而下的評論。確實，吳文英的詞常看起來錯綜複雜，虛實交錯，有時候還寫夢境，所以有的人不喜歡，但若讀懂了其中的意思，會發現他的詞內在還是有邏輯性的，而且安排得很巧妙，是可以一再玩味的。

而《四庫全書總目提要》會把李商隱和吳文英並論，是針對他們在詞、詩作風格上的相似性所下的評論。李商隱的詩也晦澀難懂，但藝術手法精妙，而且也是讀懂之後，能有感人之處。加上兩人同樣都處於一個朝代的末年，又能將一個已經蓬勃發展的文體，再開出新的路來，難怪會被拿來比擬了。

吳文英的人品不好嗎？

前面曾說過，吳文英一生都沒有做官，但是和許多達官貴人有所往來，其中他和吳潛、史宅之的關係相當密切。吳潛曾經擔任過左丞相，為人正直，頗有作為，但與當權的賈似道不合。賈似道在《宋史》中被歸類為奸臣，由於他的姊姊是宋理宗的貴妃，靠著這層關係，賈似道獲得起用。他性格陰險，曾假冒軍功；排擠人才，在朝中專權了十幾年；不顧國事，反而恣意享樂，且吳潛之所以會死，也是因為賈似道的陷害。而吳文英與吳潛交好，卻又曾贈詞給賈似道，因此被人所詬病，認為他阿諛權貴，攀附關係，進而也影響了對其詞作的評價。

但是，也有人為吳文英說話。首先是吳文英雖與這些權貴交好，但似乎只有來往，而沒有求取官職。再者，他所贈與賈似道的詞，多是在賈似道當權之前；即便是當權之後有贈詞，但當時本就有許多人投賈似道所好而獻詞，特別是他生日時，所以吳文英這樣做也無可厚非，因此，也不能說他的人品有很大的問題。

由於吳文英沒有做過官，所以正史中沒有他的記載，目前關於他的資料多只能靠考證，因此，他的人品好壞，難免無法定論。但無論如何，他的詞依舊很有價值，也不應因為懷疑其人品，就連帶認為作品也不好。

四十二、勁歌金曲之一：蘇軾〈江城子・密州出獵〉

老夫聊發少年狂。左牽黄。右擎蒼。錦帽貂裘，千騎卷平岡。為報傾城隨太守，親射虎，看孫郎。

酒酣胸膽尚開張。鬢微霜。又何妨。持節雲中，何日遣馮唐。會挽雕弓如滿月，西北望，射天狼。

北宋神宗時，曾採取王安石的政見，推行新法，但蘇軾是反對新法的，與王安石也理念不合，在政治上便遭到打壓。於是他自請調去外地任官，先到了杭州，接著又到密州擔任通判一職。這首詞就是寫於神宗熙寧八年，蘇軾任密州通判時，一次狩獵後的有感而發。

「老夫聊發少年狂。左牽黄。右擎蒼。錦帽貂裘，千騎卷平岡。」蘇軾寫這首詞時大約四十歲，所以自稱「老夫」，並說自己是姑且發一下少年人的狂氣，左邊牽著黃狗，右邊牽著蒼鷹，再戴上織錦帽子，穿起貂皮裘衣，準備好出獵的裝備後，便帶領著許多人馬，席捲山崗。

「為報傾城隨太守，親射虎，看孫郎。」出獵後，蘇軾看看四周，有許多民眾傾城而出的追隨他。為了報答這些人，他決定親自表演射虎，就像三國的孫權，也曾經英勇的與虎搏鬥一樣。

「酒酣胸膽尚開張。鬢微霜。又何妨。」描述了更豪氣的壯懷。因為酒能壯膽，所以酒酣耳熱之後，胸懷與膽量都放開了。即使已經初老，鬢邊微微發白，那又有什麼關係呢？

「持節雲中，何日遣馮唐。」這兩句是有典故的，《史記》有記載，漢文帝時，雲中（約在今中國內蒙古和山西部分區域）太守魏尚，抵禦匈奴有功，但因為一次與匈奴的戰役中，上報殺敵的人數多浮報了六個，被文帝下令削爵。而後馮唐替魏尚說話，文帝就命馮唐持節（古代使者所持的一種信物）去赦了魏尚的罪，恢復他的官職。在這裡，蘇軾其實是暗喻自己在政治上也是有抱負的，希望有朝一日能再受皇帝重視，派遣像馮唐一樣的人來再度起用他。

「會挽雕弓如滿月，西北望，射天狼。」則是在豪氣地出獵後，所激起的雄心壯志——期望自己有一天能夠出使邊疆，親自上陣殺敵，將宋代的邊患一舉解決。這裡的「西北」，指的是宋朝西邊的西夏與北邊的遼，並將其比喻成象徵侵略與戰爭的星宿天狼星。同時，這個志願點明之後，更能和前面抵禦匈奴的魏尚典故做呼應。

蘇軾是寫豪放詞的始祖，他自己也說，這首〈江城子．密州出獵〉寫出來的風格，與當時流行的風花雪月題材是不同的，且可以讓壯士吹笛擊鼓來唱，不似傳統，都要由美麗的歌妓來表現。可見，蘇軾此詞，在當時就已經是有意當成勁歌來寫的，頗有自己的創意。

延伸知識

蘇軾密州時期的詞作

在密州的這段期間，算是蘇軾創作的一個重要時期，尤其是詞。這時期他所作的詞，開始有許多轉變，突破了以往大家創作詞時，題材與主題上多為感情描寫的局限。除了〈江城子・密州出獵〉以外，還有一首膾炙人口的〈江城子・乙卯正月二十日夜記夢〉，是悼念他亡妻之作，在此之前，還不曾有詞人作詞悼念亡妻的，這一點我們在第十四單元中也有提過。

再來，就是另一首更加出名，還曾被鄧麗君、王菲翻唱過的〈水調歌頭〉：

明月幾時有，把酒問青天。不知天上宮闕，今夕是何年。我欲乘風歸去，又恐瓊樓玉宇，高處不勝寒。起舞弄清影，何似在人間。
轉朱閣，低綺戶，照無眠。不應有恨，何事長向別時圓。人有悲歡離合，月有陰晴圓缺，此事古難全。但願人長久，千里共嬋娟。

這首詞前有個小序說：「丙辰中秋，歡飲達旦，大醉。作此篇，兼懷子由。」說明這首詞是他想念弟弟蘇轍而寫的。藉詞思念手足，以及詞中那達觀的思想，在以前的詞作中也非常少見。

此詞的上片，是因中秋有感而發，蘇軾把酒問天，不知道明月是何時就有的？而月亮上的宮殿又有多少年了呢？我想要乘風到月亮上去，又怕那宮殿雖美麗，卻因太高而過於清冷，便在月光下與影子一同起舞，這樣也像是在天上一般了。下片則寫那月亮緩緩繞著朱紅色的閣樓而轉，月光滲入窗中，照著無眠的人。月亮本身沒有愛恨，但為何它的圓滿會讓分離的人們觸景傷情？其實，人生本來就有悲歡離合，自古以來皆是如此，只希望親人能長久平安，就算分隔千里，也能共賞這輪美麗的明月。

這首詞由景生情，也顯示出蘇軾能把個人在人生上的失意、與胞弟的離情，化成一種超然豁達的態度。由以上介紹可知，蘇軾密州時期的作品，確實有很大的轉變與突破，這樣的創作方式，對後來的詞人也產生了深遠的影響。

四十三、勁歌金曲之二：岳飛〈滿江紅．寫懷〉

詞中有情意綿綿的情歌、有傷心欲絕的悲歌，自然也有熱烈激昂的勁歌。這些勁歌總是呈現出奔放、豪邁的情感，讀來或令人感到熱血、受到鼓舞。現在，讓我們來看看詞中最有代表性的勁歌——岳飛的〈滿江紅．寫懷〉。

怒髮衝冠，憑闌處、瀟瀟雨歇。抬望眼、仰天長嘯，壯懷激烈。三十功名塵與土，八千里路雲和月。莫等閒、白了少年頭，空悲切。

靖康恥，猶未雪。臣子恨，何時滅。駕長車踏破，賀蘭山缺。壯志饑餐胡虜肉，笑談渴飲匈奴血。待從頭、收拾舊山河，朝天闕。

岳飛的這首詞，可以說是千古絕唱，裡面寫出了一個忠貞將士慷慨激昂的心情、英姿勇猛的形象，令人為之動容。

有句話叫「敵人的敵人就是朋友」，可是當你與那位「朋友」聯手滅掉敵人之後，依舊還會是朋友嗎？在北宋末年，宋朝廷決定「聯金滅遼」，結果遼被滅了，金也順便把北宋滅了，俘虜了宋徽宗、欽宗，佔領北宋首都和中原地區，建立起他們的政權。

而宋康王趙構則到南京應天府即位，成為宋高宗，統領剩下的南方疆土，歷史稱之為南宋，而此詞就是以高宗初年抗金為背景所寫的。

「怒髮衝冠，憑闌處、瀟瀟雨歇。抬望眼、仰天長嘯，壯懷激烈。」這個開頭，說明了岳飛憤怒激動的心情。他登上高處，憑欄遠望，原本瀟瀟的雨聲已停歇了，但他仍憤怒不已，頭髮因生氣而直往上豎，都要將帽子衝掉了。他抬頭望向遠方，仰天長嘯，但也無法停止內心激烈澎湃的情緒。這一切，都是因為看見國破的景象，使他非常痛恨金人的侵略。

「三十功名塵與土，八千里路雲和月。莫等閒、白了少年頭，空悲切。」是他回顧過去的所作所為，以及遙想抗金之路的漫長與艱難。岳飛認為，他已活到三十歲，但是對國家的功勞和貢獻還很渺小，就像塵與土一樣，所以他更要向抗金事業邁進，逐一收復廣大「八千里路雲和月」的國土，免得將來年華老去，才後悔年輕時沒有好好把握收復山河的時機。

「靖康恥，猶未雪。臣子恨，何時滅。駕長車踏破，賀蘭山❶缺。壯志饑餐胡虜肉，笑談渴飲匈奴❷血。」寫徽、欽二帝被擄，這靖康之難的國恥還未雪清，身為臣子的恨，何時才能滅？這裡更表現出他忠君愛國的情操。而正因國仇未雪，所以要駕著戰車，踏破敵人的陣營，餓了就豪邁的吃掉這些敵人的肉，渴了就在談笑間喝掉敵人的血，才能消去心頭之恨。

「待從頭、收拾舊山河，朝天闕。」也是岳飛的心願，希望不僅能打場勝仗，也能幫助朝廷收復舊時山河，回去拜見皇帝。

看完這首詞，我們或許能明白其傳唱不絕的原因。主要是從詞中可以感受到岳飛那用盡心力、勇往直前的氣魄和堅持，以及滿腔的熱血，都是想為國家、為淪陷在金人統治下的宋代人民，爭取回原本的東西。而且那是一個內憂外患的時代，外有敵人不說，朝廷內也有不少小人；岳飛處在這樣的情況中，仍然勇往直前，堅持到底，這種精神令人感動。而他最後斷送在奸臣秦檜的手中，更是令人替他惋惜。

---

❶位於中國內蒙古和寧夏的交界處，在古代是匈奴、鮮卑、党項等民族的活動地區。宋朝時，党項人建立起政權，名為「大夏」，歷史上又稱為「西夏」，賀蘭山即為當時西夏的領土。

❷這裡「匈奴」是比喻金人。而「匈奴」這個民族，在漢代以前為中國的一大外患，但在西漢與東漢交替時，分裂成南匈奴與北匈奴。南匈奴臣服於漢，北匈奴則於西元一世紀末被漢朝擊潰之後，開始大量往今天的歐洲遷徙，所以宋代應當是沒有這個外患的存在了。此一名詞，在宋代也非像漢朝一樣，實指某一民族，宋人會在詩詞中用到匈奴一詞，只是借來做外侮的象徵、比喻。

〈滿江紅．寫懷〉不是岳飛寫的？

清朝有位文人，名叫余嘉錫，首先開始懷疑這首〈滿江紅．寫懷〉不是岳飛寫的，原因是岳飛的孫子岳珂曾撰《金陀粹編》這本書，替岳飛喊冤辯白，裡面也收集了不少跟岳飛有關的史料、作品等，但是〈滿江紅．寫懷〉卻沒有被收錄到《金陀粹編》裡面。再來，這首詞目前可見的最早蹤影，是在明代杭州岳飛墳前的碑石上，而這之前沒有出現過，也沒有相關記載，所以許多人懷疑，這首詞其實是明代的人寫的，再假託岳飛之名。

詞中還有一個地方令人懷疑，就是「賀蘭山」這個地名。賀蘭山在當時是西夏的領土，但岳飛抗的是金，所以這點也非常奇怪。

這些疑點提出後，引起不少爭議。因為也有人認為「賀蘭山」可以和「匈奴」一樣，只是一種對異族領土的泛稱及象徵。而且宋、明之間是元朝統治，蒙古人不喜歡這些具有反對外族意識的作品，所以有可能被禁，大家也不敢流傳這樣的作品，直到明代才被顯露出來，因此不能斷定這首詞不是岳飛寫的。

由於爭議很多，這首詞到底是不是岳飛所寫，可以說是樁懸案。如果單從文學欣賞的角度來看，它確實有藝術價值，（岳飛總共只留下三首詞，另外兩首其實也寫得不錯），但此詞如果脫離了岳飛的故事，意義與感動就少了許多。且它就算是後人偽作再假託岳飛，那這個作者也稱得上是幫忙代言。所以不論是不是岳飛寫的，這首詞都不能脫離岳飛而獨自存在。

四十四、勁歌金曲之三：張孝祥〈六州歌頭〉

長淮望斷，關塞莽然平。征塵暗，霜風勁，悄邊聲。黯銷凝。追想當年事，殆天數，非人力，洙泗上，弦歌地，亦羶腥。隔水氈鄉，落日牛羊下，區脫縱橫。看名王宵獵，騎火一川明。笳鼓悲鳴。遣人驚。

念腰間箭，匣中劍，空埃蠹，竟何成。時易失，心徒壯，歲將零。渺神京。干羽方懷遠，靜烽燧，且休兵。冠蓋使，紛馳鶩，若為情。聞道中原遺老，常南望，羽葆霓旌。使行人到此，忠憤氣填膺。有淚如傾。

這首詞約作於南宋孝宗隆興元年前後，那時，宋金正如火如荼的開戰中，但隆興元年宋軍在符離大敗，宋朝中的政治局勢開始傾向議和，因此主張講和的主和派開始得勢。隔年，雙方訂下和議，約定以淮水為兩國交界，且南宋每年須支付大筆金錢給金國。此詞就是在這樣的背景下寫成的。

「長淮望斷，關塞莽然平。征塵暗，霜風勁，悄邊聲。黯銷凝。」寫的是詞人站在長長的淮水防線上遠望，看見關外的平原，草木生長得非常茂盛，但在這一帶，風塵黯淡，風霜強勁，且悄無人聲，令人傷神。

「追想當年事，殆天數，非人力，洙泗上，弦歌地，亦膻腥❶。」是說，追想當年，靖康之難造成了今天的局面，但這一切都是天命，而非人力可改。原本孔子講學的地方，如今也要沾染了金人的腥膻之氣。明白指出中原地區的人民，淪陷於金國的慘狀。

「隔水氈鄉，落日牛羊下，區脫❷縱橫。看名王宵獵，騎火一川明。笳鼓悲鳴。遣人驚。」感嘆宋與金僅是一水之隔，然兩邊的情形卻相差很多。以前本是宋朝領地的淮河以北，如今已盡是金人的天下。在那裡，已布滿金人的氈房❸和放牧的牛羊，還有建立好的哨崗，縱橫分布在各地。晚上時，金國的將領貴族們出來打獵，火把多得照亮了河川。他們的笳、鼓聲，使人聽了心驚。

「念腰間箭，匣中劍，空埃蠹❹，竟何成。時易失，心徒壯，歲將零。」下片轉而抒發自己的壯志未能實現。詞人以自己的兵器都生了塵土和蛀蟲，來比喻主和的聲勢

❶「洙泗」是指洙水和泗水，都在山東。和下句「弦歌地」一起看，可指孔子講學的地方，並引申為有經過儒家文化薰陶的地方。「膻腥」則是指金人畜牧的牛羊發出的腥羶之氣，用此比喻中原地區已被金人所佔領、染指。
❷金人的一種哨崗。
❸金人用毡毛所做的帳篷。
❹埃蠹是指塵埃和蛀蟲。

當頭，因此抗金殺敵的抱負不得施展，以至於今天還無所成就。同時，也感慨時間和機會容易消逝，而自己的年華也將老去。

「渺神京。干羽方懷遠，靜烽燧，且休兵。冠蓋使，紛馳騖，若為情。」此處筆鋒一轉，寫以前的京城還那麼渺遠，雖然議和可暫時休兵，然而這豈為良久之計？宋金兩方的使者，往來頻繁，更使詞人感到羞愧。

「聞道中原遺老，常南望，羽葆霓旌。使行人到此，忠憤氣填膺。有淚如傾。」則痛念中原地區的遺民，他們非常希望能再回歸南宋，所以頻頻南望，但最終他們的熱切盼望變成失望了。有感於此，不禁將忠憤之氣化成了滿臉的眼淚。

這首詞表現出詞人對於主和的不滿，覺得一味的與敵人議和，不是長久之計，只會讓敵人更加得寸進尺，而且，也救不了還在北方水深火熱的宋朝人民。像這樣的詞作，在南宋其實滿常見的。從岳飛、辛棄疾的詞作，我們也可看出這些詞人是如何關懷憂心國事的。這自然是受到了南宋時代環境的影響，因而與以往那些描寫愛情、美女的詞作，形成強烈對比；也凸顯出，詞這文體，其實在創作上是沒有太多局限性的。

愛與蘇軾較量文采的張孝祥

張孝祥，字安國，號於湖居士。據說他很喜歡蘇軾，《四朝聞見錄》記載：「嘗慕東坡，每作為詩文，必問門人曰：『比東坡何如？』門人以『過東坡』稱之。」這段話意思是說，他每每寫了詩文，都要問人說跟蘇軾相比如何？後來大家都會跟他說，寫得比蘇軾好。而張孝祥的詞，在蘇軾到辛棄疾之間，起了承先啟後的作用，所以，在蘇辛所代表的豪放詞派中，他是個值得注意的詞人。

張孝祥約二十三歲時以第一名考上進士，很受宋高宗賞識。他是一個剛正有氣節的人，當岳飛因為秦檜而入獄時，張孝祥曾上書給高宗，替岳飛說話，但也因此得罪了秦檜，跟著入獄，一直到秦檜死後，才洗清罪名。他在宋孝宗時，任中書舍人，後又因張浚的命令而留守建康。張孝祥是傾向主戰的，支持當時的抗金大將張浚，但符離之戰失敗，主和派因此勢力崛起。不久之後，張孝祥受到主和派的打壓，往後一直不得志，結果竟年紀輕輕的，三十八歲便因憂成疾而過世了，相當可惜。

四十五、勁歌金曲之四：辛棄疾〈破陣子．為陳同甫賦壯語以寄〉

醉裡挑燈看劍，夢回吹角連營。八百里分麾下炙，五十弦翻塞外聲。沙場秋點兵。
馬作的盧飛快，弓如霹靂弦驚。了卻君王天下事，贏得生前身後名。可憐白髮生。

這首詞是送給陳亮的。陳亮與辛棄疾同為主張抗金的一派，所以志同道合、聲氣相投，時常互有書信、詞作的往來，一起抒發抗金的壯志。這首詞即為其中之一。

「醉裡挑燈看劍，夢回吹角連營。」是寫詞人喝醉的情景。在酣醉中，他挑明了燈火，凝視手中的劍，直到隨著醉意入睡。夢裡，他回到軍營之中，聽到各個軍營中傳來的號角聲。

「八百里分麾下炙，五十弦翻塞外聲。沙場秋點兵。」是寫作者的夢境，也可以說是回憶。「八百里」在這裡是指牛，這個典故出自《世說新語．汰侈》❶。相傳王愷有一頭很好的牛名叫「八百里駮」，所以這裡是以「八百里」借指牛，「八百里分麾下炙」，就是把烤牛肉分給部下吃的意思，表示將士們是同甘共苦的，將領有好的糧食，就必會和屬下分享。「五十弦」是樂器的泛稱，「翻」則是演奏的意思，這個字帶出了軍中樂曲的緊張急促。而「沙場秋點兵」，是形容點兵時的壯闊場面。

「馬作的盧飛快，弓如霹靂弦驚。」句中的「的盧」，是一種很有名的馬，相傳劉備就是騎乘的盧。有一次，蔡瑁設計要害劉備，劉備慌忙逃出，卻在途中遇上了寬闊水深的檀溪，在走投無路之下，的盧竟一躍三丈（約十公尺），越過檀溪，救了劉備一命。而「弓如霹靂弦驚」則是指拉起弓弦射出箭的力道是很強的，就像那迅急且巨大的雷聲。從「八百里分麾下炙」到「弓如霹靂弦驚」，都是在形容軍中雄壯威武的場面。

「了卻君王天下事，贏得生前身後名。可憐白髮生。」講出了辛棄疾的心聲，也讓那壯闊的夢境陡然回到了現實。現實中，辛棄疾是希望「了卻君王天下事」，也就是期望幫皇帝解決與金朝的問題，在生前和死後都能留下名聲。而「可憐白髮生」則帶出兩層意思：一是若真解決了天下事，那英雄恐怕也差不多老去了，有種現實中的無

---

❶《世說新語．汰侈》是專門記載貴族們奢侈的故事。其中有一個故事是這樣的：「王愷有一頭很好的牛，名叫『八百里駮』，他經常裝飾這頭牛的角、蹄。有一天，王濟和王愷打賭射箭，說：『我的技術不如你，若是贏了，就給我那頭牛；我若輸了，則給你千萬錢。』王愷自認射術了得，也認為這麼好的牛，王濟就算得到了也沒有殺掉的道理，便答應了，還讓王濟先射箭。結果王濟一箭就射中靶心，便命人馬上將牛心取出來。過沒多久，烤牛心就上桌了，王濟只吃了一口就離開。這故事不禁讓人想像，王濟對於稀奇的良牛也不當一回事，可見其奢侈。而辛棄疾於此處，只是借用了故事中的「八百里駮」來指烤牛肉。

奈，畢竟年華的老去是英雄的大敵。另一層意思，則是感嘆自己不受朝廷重用，有志難伸，以致白髮已生，卻一事無成，而夢中的豪氣，就只能在夢中。像這樣充滿理想和壯志的夢境，代表了詞人心中莫大的激情；再拿來與殘酷不得志的現實做比對，的確更能將詞人心中那股壯志難酬的感觸，寫得更為深刻。

延伸知識

辛棄疾的盟友兼詞友

陳亮，字同父，號龍川先生。浙江永康縣（今永康市）人。生於宋高宗紹興十三年，卒於宋光宗紹熙五年，年五十一歲。他從小就熟讀各類史書，對軍事方面也很有研究。根據《宋史．陳亮傳》的記載，他年輕時，就因為擅於寫軍事方面的文章而小有名氣；也在很年輕的時候，就已經主張抗金，可惜，一直沒有受到皇帝的重視。

直到淳熙五年，他再次上書宋孝宗，終於引起了孝宗的注意。但是，主張抗金的人，在朝中總是受到主和派的打壓和排擠，陳亮又是很正直的人，所以跟許多朝廷官員總是不合，於是，很快的又不受重用了。這以後，他雖然還是多番發表主張，不斷上書給皇帝，卻受到重重阻礙，甚至被政敵陷害，兩次因莫須有的罪名而入獄。一直到他五十歲的時候，才被拔擢為狀元。可惜天不假年，也或者他真的沒有做官的命，五十一歲時就過世了，沒有機會實現他的理想。

由於主張相同，辛棄疾和陳亮成為好友，他還曾把陳亮比喻成陶淵明，對他有很高的評價。他們兩人常以詞作唱和、來往，陳亮在詞中，也經常抒發他對抗金的看法，或是用議論的方式來寫詞。最有名的為〈念奴嬌．登多景樓〉，可以說是他對於如何抗金的精采議論，雖然詞的名氣不如辛棄疾，但在詞裡擅用典故史實、論說觀點、抒發抱負等特點，和辛棄疾多有相似之處。所以，這兩人既是理想上的盟友，也是文學上的詞友，而有志難伸的境遇又相同，難怪兩人會如此相知相惜。若想多了解辛棄疾的詞，則陳亮的詞也是可以參考的。

四十六、勁歌金曲之五：辛棄疾〈永遇樂・京口北固亭懷古〉

千古江山，英雄無覓，孫仲謀處。舞榭歌臺，風流總被，雨打風吹去。斜陽草樹，尋常巷陌，人道寄奴曾住。想當年，金戈鐵馬，氣吞萬里如虎。

元嘉草草，封狼居胥，贏得倉皇北顧。四十三年，望中猶記，烽火揚州路。可堪回首，佛狸祠下，一片神鴉社鼓。憑誰問，廉頗老矣，尚能飯否。

京口位於今天的江蘇鎮江，是三國孫吳時建立起來的，內有一座北固亭（又名北顧亭、北固樓）。此詞作於宋寧宗開僖元年，當時，辛棄疾在鎮江擔任知府。他登上北固亭後，因緬懷過往歷史而寫下這首懷古詞，但他也不是單純懷古，而是為了藉古鑑今，抒發當時他對於時局的看法。

「千古江山，英雄無覓，孫仲謀處。舞榭歌臺，風流總被，雨打風吹去。」這段話是說，千古江山如舊，但像孫權一般的英雄，逝去之後便無處找尋了，而曾經的繁華熱鬧、英雄的風流瀟灑，經過歷史長期的風吹雨打，也早已消失。這裡會提到孫權，第一是因為京口為孫吳所建；第二是辛棄疾對於孫權抗衡曹操、劉備等人的雄才大略，很是欣賞；第三，孫吳地處江南，與北方的曹操敵對的歷史，和宋金對峙也類似，所以就在此處歌頌了孫權。

「斜陽草樹，尋常巷陌，人道寄奴曾住，想當年，金戈鐵馬，氣吞萬里如虎」，「寄奴」是南朝宋武帝劉裕的小字，京口剛好是他的出生之地，「斜陽草樹，尋常巷陌」便是指他曾在京口居住的地方。同時，也是他起兵北伐滅了南燕、後秦，「想當年，金戈鐵馬，氣吞萬里如虎」就是追想當年宋武帝的意氣風發。

「元嘉草草，封狼居胥，贏得倉皇北顧」，「元嘉」是指南朝宋文帝劉義隆的年號。在元嘉二十七年時，文帝命王玄謨出兵北伐，結果因為太過草率而失敗，「草草」就是在形容這個狀況。「狼居胥」則是山的名稱，在今內蒙古西北，漢朝的時候，霍去病曾在此攻打匈奴，獲得大勝，並宣示了漢家天威。而據《宋書》記載，宋文帝想討伐北魏，王玄謨就積極獻策，文帝聽了之後很動心，便興起效仿霍去病「封狼居胥」，以漢人大敗外族的想法，可是，結果卻「倉皇北顧」，北伐失敗，狼狽而回。

「四十三年，望中猶記，烽火揚州路，可堪回首，佛狸祠下，一片神鴉社鼓。」這裡是說，辛棄疾從投靠南宋，到任鎮江知府，已經四十三年了，他還記得，南歸前與金人在揚州交手的情況。而「佛狸」是魏太武帝拓拔燾的小名，他擊敗王玄謨後，又繼續揮師南下，在長江北岸建立了行宮，也就是「佛狸祠」；而此祠中，現在已是一片的烏鴉叫聲和社鼓聲。

「憑誰問，廉頗老矣，尚能飯否。」是用廉頗的典故。廉頗曾離開趙國，後來趙王希望將其召回，但又擔心廉頗已老，不堪重用，便派遣使者去探視廉頗。廉頗的體力其實還很好，但使者被別人收買了，便回報說廉頗只一餐飯的時間內，就上了三次廁所，於是趙王以為廉頗已老，就沒有再起用他。這裡是辛棄疾以廉頗自比，說自己雖已老，但還是希望能受到朝廷重用，他願再為北伐金人出力。

辛棄疾寫此詞時，朝中有個權臣叫韓侂胄，正積極的籌畫北伐，而辛棄疾雖贊成北伐，卻認為此刻不適合貿然出兵，要等做好萬全準備再說。所以這首詞是針對這件事情而寫的，在詞的上片與最後三句，表示出自己仍想北伐的決心壯志；中間卻以過去失敗的例子為戒，提醒勿重蹈覆轍。能融貫古今，又兼抒發心志和看法，這首詞可說是相當的難得。

韓侂胄主張的北伐為何失敗？

韓侂胄是南宋寧宗時的權臣，受寧宗的賞識，但韓侂胄因與朱熹不合，禁絕了理學，造成人心漸失。後來，韓侂胄開始主張北伐，想藉此鞏固地位。這一主張雖然別有用心，卻贏得了滿多的支持，辛棄疾、陸游等也在此時開始和他有較多的往來。但是由當時宋金二國的形勢來看，主張北伐其實是很冒險的，一方面是兩邊實力相當，一方面也是金寧宗治國有道，在沒有強烈不得已的動機，或者必勝的把握下，不該貿然北伐。辛棄疾不支持此刻北伐，卻不能貿然上諫，因為韓侂胄根本聽不進去，還把反對者貶官或送入監獄，只好作詞表示自己的看法。

但韓侂胄仍堅持加快北伐的行動，還追封岳飛為鄂王，謚號武穆，革去了秦檜的官爵。北伐過程準備草率、用人不當，結果當然是失敗了，韓侂胄也因此丟了性命，在歷史上留下褒貶不一的評價。

四十七、經典傷心情歌之一：范仲淹〈蘇幕遮〉

離別，向來是人生中無法逃避，卻又令人備受煎熬的一件事。由於每個人都會有這樣的經驗，而詞又適合拿來抒情，所以，這些描寫離別、相思之情的作品，也非常多。加上不論古今的讀者，也多有過這樣的經驗，就更容易引起共鳴。

現在，我們可以先來看這首經典的傷心離歌——范仲淹的〈蘇幕遮〉：

碧雲天，黃葉地。秋色連波，波上寒煙翠。山映斜陽天接水。芳草無情，更在斜陽外。

黯鄉魂，追旅思。夜夜除非，好夢留人睡。明月樓高休獨倚。酒入愁腸，化作相思淚。

秋天，是令人落寞的季節，因為秋天一到，一草一木的凋謝都特別明顯，氣溫也轉冷了，很容易引起人的傷感。畢竟，每天所見都是生命的凋零，而如果心中本就有憂愁的情緒，看到這樣的景象，自然更加心情沉重。

這首詞就是作於這樣的背景之下。北宋初期，與西夏時常發生戰爭，范仲淹於是來到陝西，擔任陝西四路宣撫使，處理對抗西夏的事務。離鄉背井，加上處理戰事的壓力，又到了荒涼的秋天，范仲淹自然有滿腹的感慨，就寫下了這首詞。

「碧雲天，黃葉地，秋色連波，波上寒煙翠。」寫的正是當時當地的秋景。秋天的天空總看起來特別高，可以看見碧藍的顏色與遠處的白雲，但是，地上卻鋪滿了黃色落葉。這樣的秋色倒映在水面上，加上秋風吹起陣陣漣漪，看起來就像秋天的各種色彩，一波一波的相連而去，且水面上，還籠罩著看來寒冷的碧色煙霧。

「山映斜陽天接水，芳草無情，更在斜陽外。」道出了時間，夕陽西下，傾斜的陽光與山互相掩映，天色接著水色。連綿的芳草，本身是沒有情感的，但我的離愁、思念卻像那芳草❶一樣，無止盡地延伸到斜陽之外。

「黯鄉魂，追旅思，夜夜除非，好夢留人睡。」是由景入情，秋天寥落的景色勾起我的鄉愁，那愁令人黯然銷魂，令人在旅途中糾結心腸，也令人夜晚輾轉難眠，除非是那晚有個好夢，可以暫時讓我忘卻而安睡。

「明月樓高休獨倚，酒入愁腸，化作相思淚。」是寫明月當空時，千萬不要獨自登上

---

❶在詩詞中，綿延生長的草經常被拿來象徵離愁，表示自己的離愁也和這些草一樣，似乎沒有盡頭。比較有名的例子有：古詩〈飲馬長城窟行〉：「青青河畔草，綿綿思遠道」、李後主〈清平樂〉：「離恨恰如春草，更行更遠還生」等。

高樓倚望，否則月亮也會勾起我的鄉愁，讓我喝下的每一滴酒，都化成點點相思淚。

自古以來，多愁善感的文學家，總容易因為外在景物的變化，勾起某些感慨、愁緒，這首詞不僅細膩地寫出了秋景，更藉由秋景的觸動，寫出了羈旅途中的懷鄉之情。雖然范仲淹的〈岳陽樓記〉中曾說：「不以物喜，不以己悲。」提到不要因為外物而影響心情，要將個人得失與情緒置之度外，以天下國家為重，但個人的得失或許比較容易排遣，鄉愁卻是無法可解的。也難怪在這個時候，范仲淹雖然正在為國家效力，卻還是不能免俗地受到外在景物的影響，勾出了個人的愁緒。加上詞又適合抒情，就造就了此詞。另一方面，觸景而生情也是詞中常用的手法，所以，范仲淹用景帶出情，也可能是受此影響。

延伸閱讀

為何范仲淹叫「小范老子」？

宋寶元元年時，西夏正式建國，並開始對宋發動較大規模的戰爭，但宋軍卻幾度大敗，例如延州、好水川、定川砦等戰役，皆傷亡慘重。宋康定元年，范仲淹自越州改任陝西經略副使兼知延州（今陝西延安），而延安一帶才正經過戰火洗禮，因為兩方交兵，當時的將軍范雍中了西夏的詐降計，吃了敗仗。

范仲淹調來之後，整頓邊防，並將策略轉守為攻。他認為不需立即反擊，先以防守為重，再把軍隊去蕪存菁，加強訓練；接著修築城寨加強防禦，恢復原本荒蕪的田地，把過去邊防的許多弊端和缺失都解決了。不僅自身軍事實力充實了，建築起的防線也令西夏無法隨意入侵，西夏見打仗已經沒有好處，只好轉而議和。

所以，雖然范仲淹不是驍勇善戰的大將軍，卻是善於謀劃策略的軍事家。當初對西夏的策略，他力排反擊的眾議，堅持先防守，最後事實證明這是成功的，而且付出的代價也比戰爭小很多。相傳當時在西夏，大家都互相告誡說：「今小范老子腹中自有數萬兵甲，不比大范老子（范雍）可欺也。」這裡的「老子」其實有著尊稱的意味，「腹中自有兵甲」則是形容他善於軍事。可見西夏人認為他是個可敬的對手，而「小范老子」這個名號也就這麼叫出來了。

四十八、經典傷心情歌之二：歐陽修〈蝶戀花〉

閨怨是詞中相當常見的題材，而在眾多閨怨作品中，能脫穎而出成為佳作的，自然有它的特色。歐陽修有一首〈蝶戀花〉，就是閨怨詞中的佳作，而且還造成了不少的迴響。

歐陽修的〈蝶戀花〉全詞如下：

庭院深深深幾許。楊柳堆煙，簾幕無重數。玉勒雕鞍遊冶處。樓高不見章臺路。
雨橫風狂三月暮。門掩黃昏，無計留春住。淚眼問花花不語。亂紅飛過鞦韆去。

開頭的「庭院深深深幾許。楊柳堆煙，簾幕無重數。」就營造出一個深重而封閉的環境。先說庭院看來幽深，不知深幾許，院中的楊柳層層堆疊，一片如煙如霧的樣子，也像那阻絕了外界的重重簾幕一般。

「玉勒雕鞍遊冶處。樓高不見章臺❶路。」轉而說到自己既思念又埋怨的良人。他乘駕的馬匹，配有華貴雕飾的轡繩和馬鞍，但是他所遊玩的地方，是不知何處的花間柳巷，而我所在的高樓望不見這些地方。

下片的「雨橫風狂三月暮。門掩黃昏，無計留春住。」是說三月的暮春，正下雨刮風；關上門，掩住了黃昏，春天將逝，卻沒有任何辦法能把它留住。這裡的「暮」字，既有春天將過，又兼有黃昏之意，也象徵著自己的青春好像快要凋謝一樣。

「淚眼問花花不語。亂紅飛過鞦韆去。」是這女子因為獨自一人，就算有心事，也只能對著花兒訴說。也許她對於這一切都有著疑問，可能是良人何時才能收心回來？也可能是自己為何要遭受這般命運？但花兒不語，只是紛亂的飛過鞦韆，一去不返。

這首詞，如果只是單純寫閨怨，或許難以成為千古名作，必然是有其特殊的藝術手法，以及更幽微的深意。先看藝術手法，上片的內容，就好像有一架攝影機，將鏡頭由近而遠，慢慢往外推去。先是深重的庭院，再是遠方游冶的良人，然後是高樓遠望也看不見的地方，這些重重屏障與遙不可及的意象，更加襯托出女子孤獨一人，以及被禁錮在精美牢籠中的感覺。下片則用雨橫風狂、春天將逝，帶出女子的無奈之感。而花不憐人，不留戀地落下、離開，也是在襯托女子的孤獨和無助。

此詞也頗有一些深意，例如「樓高不見章臺路」，表面意思可以說是丈夫遊玩到不知何處了，但另一方面，也可以解釋為這女子的心氣還是有點高的，所以她也不願見

❶漢朝時長安的一條街名，為妓院酒館聚集之處。

到那些令她難過的地方。古代的女子沒有什麼自主權，詞中的女主角，大概就是嫁給了紈褲子弟，她不喜歡丈夫如此，但也沒有力量去改變，只能被囚困住，而保有僅剩的一點點自尊心。至於「亂紅飛過鞦韆去」，也正說明了外物與時間的無情——花該落時，本就不等人的，美好的青春，同樣不會等人，最後作者沒有繼續交代女主角的結果，卻留下了無限的感慨給讀者。但是，不只女子的命運如此，其實很多時候，人都是一樣的，也許會受到各種限制、綑綁，而人的命運也往往受到無情的擺佈。

不可否認，這首詞非常的傷感。或許對於自主性較高，也較勇於追求自我的現代人來說，無法體會為何生命如此的消極，但，或許我們也能學著，在真正面臨無法改變的情況時，至少內心還能保有一點自己的情操。

延伸知識

「庭院深深深幾許」引起的迴響

李清照曾經寫過數首〈臨江仙〉，再作序說：「歐陽公作〈蝶戀花〉，有『庭院深深深幾許』之句，予酷愛之，用其語作『庭院深深』數闋。」這段話意思是說，李清照見了歐陽修〈蝶戀花〉「庭院深深深幾許」的句子後，非常欣賞，也沿用了這個句子，另外作了幾首〈臨江仙〉。其實，歐陽修此句連用三個深，確實是絕妙好「疊」，強調了庭院之深和閨怨之深。李清照把此句原封不動地移植到其他詞作中，用現代的話來說，就是一種「致敬」了。

電視劇《還珠格格》的原著作者瓊瑤，在多年前也寫過一部長篇小說，就叫《庭院深深》。其中的女主角章含煙，就曾有一段被囚禁在傳統禮教觀念中，不得掙脫，因此心事無人訴說的經歷，「庭院深深」就是她這種心情的寫照。但宋朝的女子或許無力反抗，近代的女子卻不然，因此章含煙後來脫離了束縛，搖身一變成新時代女性，最後重獲愛情與親情。這部小說也被改編成電視劇和電影，曾經風靡一時。

四十九、經典傷心情歌之三：柳永〈雨霖鈴〉

在柳永的詞中，描寫旅途和離情之苦的「羈旅詞」，是他最具代表性的詞作類型。其中，又以〈雨霖鈴〉最有名：

寒蟬淒切。對長亭晚，驟雨初歇。都門帳飲無緒，留戀處、蘭舟催發。執手相看淚眼，竟無語凝噎。念去去、千里煙波，暮靄沉沉楚天闊。

多情自古傷離別。更那堪、冷落清秋節。今宵酒醒何處，楊柳岸、曉風殘月。此去經年，應是良辰、好景虛設。便縱有、千種風情，更與何人說。

開頭的「寒蟬淒切。對長亭晚，驟雨初歇。」就先點出離別的場景和時間。「寒蟬」常在秋天日暮時鳴叫，聽在要離別的人耳中，格外的淒切。「長亭」是古代設立給旅人休息的驛站，每十里（大概為現代的五公里）就有一處，所以往往也和分別、送別有關。「對長亭晚，驟雨初歇。」也就是指，面對著長亭時，正是傍晚，那時一場驟雨才剛停歇。

「都門帳飲無緒，留戀處、蘭舟催發。執手相看淚眼，竟無語凝噎」，「都門」是指京城，「蘭舟」則是對船的雅稱，這幾句的意思是說，在京城裡設下帷幕，擺酒餞行，但因為要離別了，所以沒有心緒喝酒，正在此留戀不捨時，船夫又催促著要開船了。兩人握著彼此的手，淚眼相對，但此詞此刻，已是哽咽得說不出話來。

「念去去、千里煙波，暮靄沉沉楚天闊。」這裡的「去去」，其實只有去、離開的意思，但用疊字強調，表示要去的地方非常遙遠。而「楚天」則是指南方的天空，暗暗指出了行旅的方向。這兩句話是說，想到那重重遙遠、迢迢千里的水路，應是一片煙波瀰漫，晚間的雲氣低沉，但南方的天空，想必是遼闊無際的。

下片更進一步地描寫離情，「多情自古傷離別。更那堪、冷落清秋節。今宵酒醒何處，楊柳岸、曉風殘月。」是說自古以來，多情的人總會為了分離而傷心，更何況，是在清冷寥落的秋季。接下來，「今宵酒醒何處，楊柳岸、曉風殘月。」則是詞人設想，今晚我一定會因為分離而喝個大醉，待到酒醒，會身在何方？應該就是在那楊柳岸邊，只有破曉的涼風和殘月相伴吧！

「此去經年，應是良辰、好景虛設。便縱有、千種風情，更與何人說。」則是說，此番離去，怕是長久不得見，這以後，縱有良辰美景，也如同虛設，即便有千萬種情感，又能向誰訴說呢？

此詞採用比較白描、鋪敘的方式寫成，用各種淒涼的景物，來襯托分離的悲苦。再用「執手相看」對比「蘭舟催發」，就像電影中，男女主角在車站或碼頭分離時，總是依依不捨，直到火車或船隻的鳴笛聲驚動了兩人，要遠行的那一方，才會不得已地離開。然後，詞人又設想未來的日子，恐怕是一片黑暗，更帶出無盡的愁緒，使人深刻地感受到那最純粹的離情。然而因為純粹，所以更叫人難受。

這首歌的原曲，今天已經聽不到了，但是現代有根據〈雨霖鈴〉歌詞，再作改編、配樂的歌曲，由歌手辛曉琪演唱，也頗有一番味道。

延伸知識

親愛的，他把詞變「大」了

柳永的詞有兩個特點，一個是大量創作篇幅較大的詞，一個是把詞中景物給放大了。

如果我們翻開五代到北宋初期的文人詞集，會發現大多數都是小令，這是因為小令跟詩比較相像，對慣於寫詩的文人來說，小令自然比較好上手，畢竟當時大多文人都只認為詞是娛樂之用，不需花太大力氣去鑽研；另一方面，小令因為篇幅關係，語言也需要比較簡潔、凝鍊，讓人有比較多想像空間，這也比較符合文人對於文學的審美觀。而篇幅較大的長調，其實在民間一直都有流行，但文人多不願意採納，一來因為篇幅大了，很多東西可能要寫得更明白，就無法創造出深遠的意境，二來是不願花太多心力去創作不熟悉的長調。所以在柳永之前，很多文人大多都只寫小令。

但是，柳永面對的歌妓、聽眾，多是來自民間，所以自然會創作長調，很多東西也要講得明白點。但如前面所說的，柳永也有他文人的一面，所以有部分長調其實寫得很好，藝術價值很高。且長調適合敘事、鋪陳，用得好的話，反而可以讓詞作內容更加清楚完整，也能適當保留餘味，於是就逐漸影響了後來的文人，也開始創作長調了。

另一方面，以往的詞作都是圍繞著女性，出現的景物也多局限在閨閣之中，但柳永因為後來常要奔波各地，所以經常將旅途中的景物寫入詞中，詞裡的景物空間就從閨閣裡放大出來了。再融入一些他的離別之慨、奔波之苦，就創造出另一種詞風。後人將他這類詞歸類為「羈旅詞」，如〈雨霖鈴〉（寒蟬淒切）、〈八聲甘州〉（對蕭蕭暮雨灑江天）等，是他的作品中藝術價值最高，也是目前最有名的。

五十、經典傷心情歌之四：蘇軾〈江城子〉

人生的分離有很多種，但最令人難受的，還是死亡所帶來的永別，而且，對於還在世的生者而言，這種痛往往是複雜、深刻的。歷代詞作中，關於悼念死者、死別之痛，寫得最有名的，非蘇軾的〈江城子．乙卯正月二十日記夢〉莫屬了：

十年生死兩茫茫。不思量。自難忘。千里孤墳，無處話淒涼。縱使相逢應不識，塵滿面，鬢如霜。

夜來幽夢忽還鄉。小軒窗。正梳妝。相顧無言，惟有淚千行。料得年年斷腸處，明月夜，短松崗。

這首詞是悼念蘇軾已過世的妻子——王弗。王弗是在十六歲時，嫁給十九歲的蘇軾，婚後兩人十分恩愛。王弗也是一個賢慧的妻子，在蘇軾為王弗所寫的〈亡妻王氏墓誌銘〉中，就有許多關於王弗的記載。例如，王弗不曾跟蘇軾說過，自己讀過書，但她每每都會陪著蘇軾讀書，當蘇軾有忘記的地方時，王弗就會提醒他。蘇軾再問王弗其他的書籍，也發現她大略都知道，這讓蘇軾很驚喜，也發現原來王弗的個性雖沉靜，卻很聰敏。

後來，蘇軾在陝西鳳翔擔任判官，有許多朋友會去拜訪他，但蘇軾是一個很容易信任朋友的人，所以王弗就會站在門簾後面，聽他們的談話，替蘇軾辨別朋友的好壞。曾經，在一個客人離去後，王弗就告訴蘇軾：「這個人毋須和他多談，因為他一直在揣測你的心意，迎合你說的話。」後來果真證實了王弗很會看人，所以蘇軾也發現，聽太太的話準沒錯。只可惜，王弗二十七歲就過世了，兩人只育有蘇邁一個兒子。王弗去世後過了十年，寧熙八年時，蘇軾在密州，那年的正月二十，蘇軾夢見了王弗，醒來便作了這首〈江城子〉。

「十年生死兩茫茫。不思量。自難忘。」一開頭寫的就是兩人已生死分別了十年，都對對方一無所知，但在這十年中，即便不特地想起妻子，卻也是難以忘懷的。

「千里孤墳，無處話淒涼。」指的是王弗葬於蘇軾家鄉四川眉州，與山東的密州，真有很長一段距離，想到妻子的墳孤伶伶的葬在千里之外，自然是令人痛心的，縱使想到墳前和妻子說說話，也是一種奢望。

「縱使相逢應不識，塵滿面，鬢如霜。」是說，已經分離這麼久、這麼遠，而在這十年當中，除了因妻子的過世而難過，也歷經了許多不順逐，所以，就算有一天兩人重逢了，想必妻子也認不出他了，因為他早已風塵滿面，霜雪滿頭了。這裡既寫出對妻子的思念，也說明了生者在世，世事變化甚大的感慨。

「夜來幽夢忽還鄉。小軒窗。正梳妝。」正是描述蘇軾的夢境。夢中他忽然回到了故鄉，站在昔日房間的窗外，正看著妻子對鏡梳妝，彷彿過去美好靜謐的時光又重新回來了。

「相顧無言，惟有淚千行。」是說兩人互相凝視著，卻說不出一句話來，只有滿臉的淚水，不停地滑落。在這裡，或許蘇軾也分不清楚這是夢境還是現實，只覺得突然重逢了，往日美好時光突然出現了，驚喜與思念、感傷等種種情緒，一時間紛沓而來，自然是什麼都說不出來了。

「料得年年斷腸處，明月夜，短松崗。」蘇軾兄弟曾在父母墳前種植了許多松樹，而王弗的墓，離蘇洵夫婦的墓非常近，所以，「短松崗」指的也是「千里孤墳」的所在之處，而那裡，想來就是蘇軾年年都會悲痛得斷腸的地方吧！

這首詞之所以膾炙人口，是因為它雖沒有特別華麗的詞藻和修辭，卻能用最真切、平實的語言，道出了深沉的悲痛，所以容易感動人。詞中還將虛的夢境與實的生活交錯呈現，相互映襯。此外，蘇軾是第一個用詞來悼念亡妻的人，這也正是蘇軾「以詩為詞」的一項指標。因為以往詞作中描寫的女性，多半和歌妓有關，即便詞人寫了自己與女性的感情，也多為尋歡作樂的對象，很少會涉及妻子，更少是這麼具體的事件。但蘇軾把原本娛樂性質高的詞，拿來寫「悼亡」這樣較莊重、嚴肅且真實的題材，正表示了他有意突破傳統的創作方式。

蘇軾的賢妻美妾

王弗過世之後，蘇軾再娶了王弗的堂妹王閏之。王閏之陪著他度過了不少人生的風雨，努力持家，陪伴蘇軾的時間，也是最久的。

除了王弗、王閏之兩位賢妻之外，蘇軾還有一個美麗聰慧的侍妾，名叫朝雲，她也姓王，為杭州人。往後，當蘇軾被貶惠州時，她算是最能給蘇軾精神慰藉的靈魂伴侶，大概也是最了解蘇軾的女人了。有一次，當時蘇軾還未被貶到惠州，他在吃完飯後，捧著肚子問家裡的人說，我這肚子中藏有什麼？有人回答是滿肚子文章、滿肚子見識，但蘇軾都說不是，只有朝雲說：「學士一肚子不合時宜。」才讓蘇軾點頭大笑。因為，蘇軾雖滿腹才華與高見，卻常常不容於俗世，不容於政敵，有時甚至不容於同僚，也唯有朝雲，能夠明白蘇軾的這一種心情。可惜，朝雲後來在惠州罹患瘟疫去世，只有三十三歲，當時，距王閏之過世後也不過約三年的時間。朝雲死後，蘇軾也曾作一詩、一詞來悼念她，從此以後，便不再娶妻妾。

五十一、經典傷心情歌之五：李清照〈武陵春〉

許多時候，傷心不是純粹只為一件事情而傷心的，會同時有好幾種情緒夾雜在一起。李清照這首〈武陵春〉，就是混雜了對國破家亡、喪夫流離的悲痛。〈武陵春〉全詞如下：

風住塵香花已盡，日晚倦梳頭。物是人非事事休。欲語淚先流。
聞說雙溪春尚好，也擬泛輕舟。只恐雙溪舴艋舟，載不動、許多愁。

南宋紹興四年，宋金處於交戰時期，李清照十月時避亂於金華。後來金兵在年尾退兵，所以紹興五年的春天時，局勢開始比較穩定，這首詞就是作於當時。

「風住塵香花已盡，日晚倦梳頭。物是人非事事休。欲語淚先流。」寫的是晚春之景。春天快過了，風已漸漸停息，花瓣落在塵土裡，使得塵土沾染了香氣，當然，枝頭上已經沒有花了。已近黃昏，心緒更加寥落，無心於梳頭裝扮——這裡更點出詞人對於任何事情都意興闌珊的情態。花瓣凋零的情景，容易令人傷感。想到花兒年年都會再開，但是人事早已全非，故國不在了，與她夫妻情深的趙明誠已過世，生活也有了巨大改變，這一切都使人難受。縱使想要傾訴，話還沒說出口就已先淚流滿面。「聞說雙溪春尚好，也擬泛輕舟。只恐雙溪舴艋舟，載不動、許多愁。」下片有了一點轉折。也許正因愁苦至極，且局勢已較為穩定，所以詞人聽說金華內的雙溪春景美好，動了遊興，也想去溪上泛舟。只不過，又怕那泛於溪上的小舟，無法承載心中無限的悲愁。

這首詞沒有過於雕飾的字句，所以能給人直接的感動，而且把抽象的、看不見的愁，轉化成有重量的實質，所以，經常被拿來和李煜的〈虞美人〉比較：

春花秋月何時了。往事知多少。小樓昨夜又東風。故國不堪回首月明中。
雕闌玉砌應猶在。只是朱顏改。問君能有幾多愁，恰似一江春水向東流。

李煜此詞作於南唐國破以後，詞裡悲嘆著，春花與秋月，那是年年都會循環出現的，花謝了會再開，月缺了會再圓，但是，人生卻不一樣，逝去的時光就是逝去了，不會再重來。在小樓上，年年所吹的東風又吹起了，但是，故國早已滅亡，對比著恆久的明月，更是不堪回首。遙想故國的雕欄玉砌，應該還在，可是詞人的容顏早已不復當年。你問這愁到底有多少？就好像那一江春水，永遠都會向東流，永遠都不會止歇。

正因為兩位詞人，都曾有美好的回憶，但後來歷經了國家的破亡、人生的困頓，物是人非之後，就像我們現在常說的「回不去了」，所以心中的悲苦是難以言喻的。也因為難以言喻，只好寄託在具體的事物上面，讓那愁苦變得具體，也讓讀者的感受能更加深切。只是，一個是從愁苦的沉重那一面去說，一個是從愁苦源源不絕的那一面去說，且李清照寫得較婉轉，李後主寫得較直露，或許，這正是女性與男性表露情感的一種差別。

延伸知識

「詞中之帝」是誰？

在中國詞史上，詞人輩出，每位詞人都有自己的風格與特色，創新與開拓。幾位大家如蘇軾、周邦彥、辛棄疾、姜夔等人，都各有千秋，因此，詞中之后無疑地是李清照，但詞中之帝是誰？卻難有定論。可是，詞史上還是有一位號稱「詞中之帝」的人，他就是李煜，因為他不僅詞寫得好，還曾當過南唐的皇帝。

李煜，字重光，是南唐第三任，也是最後一任君主，在位十五年，一般都稱呼他為李後主。他在政治上沒有什麼特別的政績，但是詞的成就非常高。一般來說，他的作品可以分成兩期，前期是南唐還在時，內容大多是寫他的宮廷生活，以及一般詞都會寫的風花雪月；後期的詞，則是在南唐國破後，轉向抒寫亡國之恨。亡國之恨是一種特殊的情感，沒有經歷過的人很難想像，李煜卻能把它轉化成一般大眾都能理解、體會的感覺，像前面的〈虞美人〉就是，把愁苦的情緒寫得具體，又以「生命的美好逝去就不再回來」做為比擬，寫出一種人類共同的感慨，所以很能感動人心。一般也認為，這類後期描寫亡國之恨的作品，是他藝術成就最高的部分。

王國維曾在《人間詞話》中說李後主是「生於深宮之中，長於婦人之手，是後主為人君所短處，亦即為詞人所長處」。意思是說，他的人生歷練和經驗是很少的，被保護得很好，但是，這雖使他不能成為賢君，卻使他成為好的詞人，為什麼呢？原來，王國維認為，詩人（或詞人、文人）分成兩種，一種是「客觀」的人，他們要閱歷豐富，才能寫出好作品來，像曹雪芹便是；另一種是「主觀」的人，他們反而不需太多閱歷，因為過多的閱歷會使他們性情失真，就寫不出真摯的好作品了，例如李後主。王國維也說，李後主是有「赤子之心」的，像這樣天生易感的人，沒有過多的現實和閱歷去影響他，反而更能寫出他最純真的情感，自然也就能令人動容了。

五十二、經典傷心情歌之六：吳文英〈唐多令‧惜別〉

如果有看過周星馳主演的電影《國產凌凌漆》，應該就會對當中周星馳所唱的《秋意濃》有深刻印象。這首旋律哀愁的歌，配上離情淒苦的歌詞，聽起來很感傷。而其中「離人心上秋意濃」這句歌詞，其實正脫胎自南宋詞人吳文英的〈唐多令‧惜別〉。〈唐多令‧惜別〉全詞如下：

何處合成愁。離人心上秋。縱芭蕉、不雨也颼颼。都道晚涼天氣好，有明月、怕登樓。

年事夢中休。花空煙水流。燕辭歸、客尚淹留。垂柳不縈裙帶住，漫長是、繫行舟。

「何處合成愁。離人心上秋。」這兩句就像一個拆字的字謎一樣，這「愁」字是怎麼產生的？正是分離的人們，心上那股秋意般的寒涼，所以「心」上放個「秋」字，就是愁了。

「縱芭蕉、不雨也颼颼。」這裡的「芭蕉」，不是指水果，而是指芭蕉樹，古人常會在庭院中種植。芭蕉樹的葉子很大，下雨時，雨滴落在葉上的聲音，聽在心緒不佳的人耳中，常會引起愁思。而古時也有許多詩詞，常寫到雨打芭蕉聲容易令人發愁，所以，吳文英這首寫離愁的詞，自然也提到芭蕉了。但是，他卻更進一步的說「不雨也颼颼」，意思是說，就算沒有下雨，那風吹芭蕉葉的聲音，也是令人心碎的，因為，他的離愁又比一般人更苦啊！

「都道晚涼天氣好，有明月、怕登樓。」是延續著前面的離愁而來。雖說秋高氣爽的晚上，登樓賞月是非常舒服的，但是，明月向來也是離人所不敢看的情景，因為「月圓人不圓」是多令人傷感的事？再加上，登高遠望，總不免會想眺望在遠方的那一位，也就更引起離愁了。

「年事夢中休。花空煙水流。燕辭歸，客尚淹留。」下片開頭稍有一點轉折，是懷想過去的情景，但往事如好夢一樣，也像落花、雲煙、流水一樣，逝去了便難尋，連每年都會往南飛的燕兒都離開了，而我這離人遊子，卻還在此地逗留。

「垂柳不縈裙帶住，漫長是、繫行舟。」是用柳枝的意象，「柳」諧音「留」，常被人折來送別，因此往往和離別有關。但吳文英在這裡，卻以柳條絲線般的形體，來象徵「情絲」，再扣合離別，敘說著當年的情絲，無法繫住所思女子的裙帶，卻漫漫長長的繫住了詞人遠行的船，讓詞人一直無法忘懷。

吳文英有兩次深刻但不圓滿的戀情，一個是離他而去的蘇州之妾，一個是過世的杭州女子（或說妾），所以他常在作品中懷念這兩名女子，此詞亦然。這也是他作品中比較特別的一首，因為他的詞作，往往會用典、修辭，而較為難懂，但這首的用語和典故，卻自然且情深。同時，他雖使用了「芭蕉」、「柳」等離別詩詞中常見的意象，卻又不落俗套，不拘於前人的用法，賦予新的創意，延伸出更深的情感，也是此詞特別的地方。

延伸知識

為什麼芭蕉的意象多與愁苦有關？

芭蕉的葉子很大，形狀細長，接近橢圓形，會微微捲起，適合生長在溫暖的環境。古時也常有人將芭蕉種植於庭院中，不僅可以觀賞，也可以在夏天的時候，遮蔽陽光。但是，它卻往往和愁苦扯上關係，這是為什麼呢？

這都要從芭蕉葉說起。首先，芭蕉的葉子呈微捲狀，便有詩人將這種形象與「不開心」的情緒聯想在一起。例如李商隱〈代贈〉：「芭蕉不展丁香結，同向春風各自愁。」就是說芭蕉的葉不開展，丁香的花叢生糾結，一同迎向春風各自憂愁。可見像這類看起來較為捲曲、糾結的植物，容易給人這種聯想。

再來，因為芭蕉葉面積較大，所以下雨時，打在葉片上的聲音格外明顯，白居易就有一首〈夜雨〉說：「隔窗知夜雨，芭蕉先有聲。」但或許因為雨天本就容易令人心情鬱悶，加上打在芭蕉葉上的聲音又特別凸出，因此就更容易引發人的愁緒。如果是夜裡聽到雨打芭蕉聲，大概也無法成眠了。像李清照的〈添字醜奴兒〉也說：「窗前誰種芭蕉樹，……傷心枕上三更雨，點滴霖霪。點滴霖霪。愁損北人，不慣起來聽」、万俟詠〈長相思〉：「一聲聲。一更更。窗外芭蕉窗裡燈。此時無限情。夢難成。恨難平。不道愁人不喜聽。空階滴到明。」寫的都正是這種愁懷。

所以，由於芭蕉的葉形、被雨打時發出的聲音，都令人往愁苦的方向去聯想，自古以來，詩詞中提到芭蕉的，也就多是用以描寫這類的情感了。

五十三、是詞，還是判狀？

蘇軾曾在杭州擔任通判，政績卓著，很受人民愛戴。蘇軾自己也非常喜歡杭州這個地方，將之視為另一個故鄉。而通判分內的工作，就是有訴訟時，必須審決案子。有一次，他就遇到一個奇特的案件。

明代余永麟的《北窗瑣語》中曾說：「宋靈景寺僧了然，不遵戒行，常宿娼家李秀奴，後衣缽一空，為秀奴所絕，僧迷戀不已，乘醉直入，擊秀奴斃之。」這裡記載了一個情殺的故事，在杭州有個靈隱寺，位於靈隱山上，那裡有個和尚，法號叫了然。了然本為清楚、明瞭的意思，但這個和尚，或許清楚自己該守的戒規，卻仍明知故犯，經常出入花街柳巷。後來，他特別喜歡一個名為李秀奴的妓女，也常留宿在李秀奴那裡。可是尋花問柳是非常花錢的一件事，他又只是個沒有太多錢的和尚，所以，很快的，身上的錢就花完了，連衣缽都典當一空。而李秀奴是個認錢辦事的妓女，在了然沒錢之後，自然就不肯與他來往了。

可是，了然還是很迷戀李秀奴。有一天，他喝了許多酒，趁著酒意，又跑去找李秀奴，但仍遭到拒絕，他一時氣憤，就強行闖進屋裡，還把李秀奴打死了。出了命案，當然就有人報官，案子到了蘇軾那裡。蘇軾平日就有不少和尚好友，經常討論哲理，甚至鬥智逞才，所以在了解這個案子之後，感到啼笑皆非。尤其，他還發現了然在自己的手臂上刺了兩句話：「但願同生極樂國，免教今世苦相思。」意思是願一同往極樂世界，免得今生今世還要苦相思。而殺人本屬重罪，蘇軾自然判了然死刑，也順應了然的願望。

為了此事，蘇軾還寫了一首〈踏莎行〉：

這個禿奴，修行忒煞。雲山頂上空持戒。一從迷戀玉樓人，鶉衣百結渾無奈。毒手傷人，花容粉碎。空空色色今何在。臂間刺道苦相思，這次還了相思債。

這首詞的開頭就罵了然是「禿奴」，枉費了他的修行，還愛上了妓女，為此搞得自己衣衫破爛，窮困不堪，真是令人無奈！又重下毒手，殺了李秀奴，現如今，還有什麼色與空的佛理？既然你都刺了「苦相思」三字在手臂上，就讓你赴黃泉去還相思債吧！

此詞看起來就像一篇判狀，把蘇軾的判決寫了進去，並用白話俚俗的語言寫成，內含不少諷刺與滑稽的成分。雖說與蘇詞中其他佳作相比，這首詞沒有什麼價值，但它與以往文人只寫風花雪月的題材，有很大不同，也是蘇詞「無意不可入，無事不可言」特色的表現。在他之前，恐怕沒有人像他一樣，能拿詞來寫判決的。所以，這首詞，不妨也視作蘇軾開拓新題材的表現，讓文人詞也能有活潑多樣的另一面。

延伸知識

是詞，還是藥方？

北宋有個文人，名叫陳亞，從小是由他的醫生舅父帶大，所以對藥名非常熟悉，很喜歡寫「藥名詩」，也寫過幾首「藥名詞」，就是以藥的名稱，或取藥名的諧音，組成文意通順的詩詞。藥名詩由來已久，但藥名詞大概是從陳亞開始的，例如〈生查子・藥名閨情〉：

相思意已深，白紙書難足。字字苦參商，故要檳郎讀。
分明記得約當歸，遠至櫻桃熟。何事菊花時，猶未回鄉曲。

藥名詞最好每句裡面至少有一個藥名，而這首詞就是這樣，裡面共明示暗藏了十種藥名，包括相思、意已（薏苡）、白紙（白芷）、苦參、檳郎（檳榔）、郎讀（狼毒）、當歸、遠至（遠志）、櫻桃、菊花、回鄉（茴香）等，然後組成一首詞。

大意是說有一個閨中少婦，思念遠行的良人，便寫信問他，當初不是說好，最晚在櫻桃成熟時（夏季），你就要歸來嗎？為何現在菊花都開了，還不見你回鄉？這首詞，可說將文字遊戲寓於詞中，又能充分表現出女子的相思之情，相當難得。

南宋的大詞人辛棄疾，也寫過藥名詞，例如〈定風波．用藥名招馬荀仲游雨巖。馬善醫〉：

山路風來草木香。雨餘涼意到胡床。泉石膏肓吾已甚。多病。隄防風月費篇章。

孤負尋常山簡醉。獨自。故應知子草玄忙。湖海早知身汗漫。誰伴。只甘松竹共淒涼。

裡面的木香、雨餘涼（禹餘糧）、石膏、吾已（吳萸）、防風、知子（梔子）、子草（紫草）、海早（海藻）、甘松等九種，都是藥名，而像這樣以藥名寫詞的方式，在宋朝時並不少見。

其實，中藥名稱有非常多種，有些也頗具詩意或意義，可說是一種另類的辭典，難怪能拿來寫入這麼多詩詞中。只是，若不細看，有時還真會以為，這些詩詞其實是一張藥方呢！

五十四、一首詞也能成就一段姻緣嗎？

曾和歐陽修共同編撰《新唐書》的宋祁，曾因為詞寫得好，被封上「紅杏枝頭春意鬧尚書」的稱號；也曾因為一首詞，成就了一段姻緣。

宋祁，字子京，有一個也頗具文采的哥哥宋庠，這兩兄弟和蘇軾、蘇轍一樣，是兄弟同時登上進士的。宋祁也跟蘇軾一樣，本來可以得到第一名，（因為原本的榜單是宋祁第一名，宋庠第三），但章獻太后認為，弟弟的名次不該在哥哥之上，所以把宋庠置於第一，宋祁卻變成了第十名。後來，兄弟二人同樣在朝為官，被人家稱為「大宋」、「小宋」。

據說有一次，宋祁經過京中熱鬧的繁臺街，恰巧遇上了從宮內出來的轎子，轎內有個女子，揭開了簾子，說了一聲：「是小宋。」但因為兩人不宜交談，就分開了，宋祁也不知道她是誰。不過這個小小的邂逅，卻令宋祁念念不忘，回去以後，就寫下一首〈鷓鴣天〉：

畫轂雕鞍狹路逢。一聲腸斷繡簾中。身無彩鳳雙飛翼，心有靈犀❶一點通。
金作屋，玉為籠。車如流水馬游龍。劉郎已恨蓬山遠，更隔蓬山幾萬重。

這首詞的上片，就是在回憶當時的狹路相逢，而「身無彩鳳雙飛翼，心有靈犀一點通。」是直接移植了李商隱〈無題〉中的詩句，意指雖然身上沒有彩鳳一般的翅膀，無法飛到你身邊，卻能和你心意相通。下片則寫分離後的情景，「劉郎已恨蓬山遠，更隔蓬山幾萬重。」是移植了李商隱另一首〈無題〉詩中的句子，但李商隱原本是寫「一萬重」，宋祁則改成「幾萬重」。這兩個句子是用了劉晨、阮肇的典故，相傳他們兩人曾經到天台山採藥，遇到了兩個仙女，被邀請至仙洞，半年後，他們回到故鄉，卻發現子孫已經綿延到第七世了，後來他們再度回天台山，但已經找不到仙女。這類遇仙的事情，常被古人比喻成豔遇或男女之情。蓬萊山則因為是仙山，在這裡取代了天台山，是融合了漢武帝欲往蓬萊山求仙不得的典故，比喻成難以到達的地方，也表示因為他不知道這女子是誰，所以要再見到她會非常困難。而宋祁在這裡引用這兩句話，不僅是要以這個典故比擬自己的遭遇，更要借用李商隱在原詩表達的意義：劉郎與仙女分別後，恨他們就像那蓬萊山阻隔甚遠，但我與所思之人的距離，卻又比劉郎與蓬萊山，更隔了幾萬重啊！

這首詞後來傳了出去，且大為流行，還傳到宋仁宗那裡。宋仁宗就詢問宮內的

---

❶古代認為犀牛是一種靈獸，犀角上有白色的線紋，可以相通感應，所以被拿來比喻心意或情意相通，不需多言。

人，有個宮女出來說：「之前我曾在皇上的宴會中服侍過，見皇上宣召翰林學士，聽左右的人說，那就是小宋。後來我偶然在車上看見他，就叫了一聲。」仁宗又宣召了宋祁，態度和緩地跟他說起這件事，宋祁大為惶恐，怕仁宗怪罪，但仁宗只笑著說：「蓬萊山不遠了！」然後，就把那名宮女許配給宋祁了。不過，據說宋祁其實頗為風流，也難怪這樣多情的事，會發生在他身上了。

在宋代，詞寫得好，可以在官場上被提拔，也會被取風雅的綽號，或者是成就一段良緣。從這裡，更能看出詞在宋代有多流行了。

延伸知識

一首詞也可以破壞感情嗎？

陳鵠的《耆舊續聞》曾記載，南宋有個叫作張仲遠的人，他的妻子讀過書，但十分多疑善妒又緊迫盯人，總是懷疑張仲遠不安分守己，若有人寄信給他，這個妻子就會偷偷拆開來看。這樣的「妻管嚴」，張仲遠家中的賓客、朋友都知道得很清楚。

南宋詞曲兼擅的詞人姜夔，曾在張仲遠家作客居住，就想開開他們這對夫妻的玩笑。有一天，他趁張仲遠不在，作了一首〈眉嫵〉，裝作是一名女子寫給張仲遠的詞，裡面有幾句寫著：「信馬青樓去，重簾下，娉婷人妙飛燕。翠尊共款。聽艷歌、郎意先感。便攜手、月地雲階裡，愛良夜微暖。」這樣的內容算尺度不低了，被張仲遠的妻子看到之後，大為生氣，等到張仲遠回家，就不分青紅皂白，對著他斥責。張仲遠不知道發生了什麼事，無從辯起，結果妻子就氣得在他臉上抓出了幾道血痕，害張仲遠久久不敢出門。

這首詞還有一個小題，叫作「戲張仲遠」，可見是有此事的。只能說，這首詞出於姜夔之手，雖然寫得很曖昧，但其實整篇詞還是頗有文采，張仲遠的妻子竟沒有懷疑，一般的女性哪能寫得出這麼好的詞？大概真的是被嫉妒蒙蔽了心智。而一首詞竟能成就姻緣，也能破壞感情，真可說是「水能載舟，亦能覆舟」了。

五十五、宋代的生日歌曲怎麼唱，與現代的有何不同？

現代人過生日，多半是準備一個生日蛋糕，插上蠟燭，然後由親朋好友們一同唱生日快樂歌來慶祝，且唱的生日快樂歌都是固定的。但是在宋朝，生日快樂歌可以有很多種，而且還會有人為你寫一首專屬的生日快樂歌。

慶祝生日的活動，大約是從商朝就開始了，一直維持到現在，上從皇帝，下到平民百姓，都有這樣的風俗。在宋代，皇帝們過大壽的活動也相當風行、熱鬧；到南宋以後，祝壽的活動更多了，貴族、官員、平民百姓等，都不能免俗。當時還相當流行用寫詞來祝壽，因此我們可以看到許多詞人的作品中，都有這類祝壽的壽詞。曲調的選擇和歌詞的內容，都會為了壽星量身訂作。因此，宋代的生日快樂歌，是很多種的，不像今天這麼固定；寫壽詞的對象也有很多種，親朋好友、長官上司、皇帝貴族等都是。

那麼，寫詞祝壽的風氣是怎麼開始的呢？其實，壽詞的大量出現，是在南宋以後，在這之前，只有比較零星的作品。但是，一來，詞本就是歌筵酒席間用來娛樂的，而祝壽的場合，也多半會有宴會，或慶祝的活動，在這樣的狀況下，壽詞自然也就會慢慢出現；二來，由於南宋祝壽活動愈來愈流行，當然也就促成了壽詞的興盛；

三來，祝壽其實也是一種應酬，文人可以藉著祝壽之名，對重要人士歌功頌德、展現文采——尤其是南宋末年，有個權臣叫作賈似道，他很喜歡詞，如果有人詞寫得好，還能獲得他的提拔或賞賜，所以在他八月八號生日時，就會有一堆人寫壽詞給他。基於以上這些原因，壽詞的寫作就愈來愈多了。

在《全宋詞》中，壽詞的總數約占百分之十，也不是個小數目，可是在這麼多的作品中，今天被我們視為經典的卻寥寥無幾，甚至很多人認為，這些壽詞的藝術價值很低。這是為什麼呢？其實，壽詞中常要寫一些長壽、富貴的內容，所以就表面上看，遣詞用字都是文雅的；可是，壽詞中能用的典故，大多就是像彭祖、松柏、龜鶴等，形容詞也差不多就是那些，有時較無新意；或者有些作品只是為了歌功頌德而寫，也比較沒有真摯的情感，常被認為沒有什麼文學價值，只是為了應酬而寫。所以，南宋的沈義父就在他的《樂府指迷》中說：「壽曲最難作，切宜戒『壽酒』、『壽香』、『老人星』、『千春百歲』之類。須打破舊曲規模，只形容當人事業才能，隱然有祝頌之意方好。」可見，壽詞要寫得好，不能過於陳腔濫調，要能根據當事人的情況去寫，但是也要小心不要過於阿諛諂媚，或誇大事實。

不過，還是有寫得很好的壽詞，例如辛棄疾的〈水龍吟．甲辰歲壽韓南澗尚書〉，除了祝壽和讚美壽星韓南澗（韓元吉）之外，也不忘國家大事，對壽星充滿期許，希望他對國家有一番作為，讀起來有別於一般的壽詞，更多了種豪邁激昂，感動人心的力量。

延伸知識

詞也可以用於婚禮嗎？

詞不僅可以祝賀生日，也可以祝賀結婚，只是數量滿少的，不像壽詞那樣多，但是題材卻挺多元，不只是結婚，納妾、入贅等也都可以作詞祝賀。

此外，也有反映當時婚禮習俗的詞，例如王昂寫過一首〈好事近‧催妝詞〉：

喜事擁朱門，光動綺羅香陌。行到紫薇花下，悟身非凡客。
不須脂粉涴天真，嫌怕太紅白。留取黛眉淺處，畫章臺春色。

根據宋代孟元老所寫的《東京夢華錄》記載，「催妝」是由男方催促。先是結婚之前，以鳳冠霞披、胭脂花粉等為「催妝禮」送去女方家；結婚當天，男方過去迎娶時，也會作樂催妝，請女生趕快上車或「花檐子」（類似花轎）。催妝是從唐代就有的習俗，且因為這樣，就產生了「催妝詩」，到了宋代，便也延伸出「催妝詞」，成為婚禮中有趣的一環，讓我們能藉此一窺宋代的結婚習俗。

五十六、近代最有名的詞人是誰？

說到毛澤東，大概會先聯想到他曾是權傾一時的中國共產黨主席，或是文化大革命，但其實，他也可以說是近代最有名的一位詞人。

一方面由於毛澤東有幾首出名的詞，一方面因為他在中國的影響力，所以中國有許多毛澤東的詩詞集，但不見得完善，因為毛澤東不是所有的作品都有發表。目前大概是中國中央文獻研究室所編的《毛澤東詩詞集》最為完整，裡面共收錄了六十七首詩詞。另外也有不少譯注、賞析，使得他的詞在中國廣為流傳，也曾被翻譯成英文、俄文、日文等。

在他的詞作中，大概是這首〈沁園春．雪〉最為出名：

北國風光，千里冰封，萬里雪飄。望長城內外，惟餘莽莽，大河上下，頓失滔滔。山舞銀蛇，原馳蠟象，欲與天公試比高。須晴日，看紅裝素裹，分外妖嬈。江山如此多嬌。引無數英雄競折腰。惜秦皇漢武，略輸文采，唐宗宋祖，稍遜風騷。一代天驕，成吉思汗，只識彎弓射大雕。俱往矣，數風流人物，還看今朝。

這首詞寫於一九三六年二月，冬季的陝西袁家溝，附近有黃河。當時中日關係緊張，毛澤東率軍抗日，二月天正下著雪，毛澤東見此景象，就寫了此詞，所以開頭三句就是描寫一片銀白的雪景。接下來，則寫長城的內外，只剩下白茫茫的平原，黃河之水也結冰了，不復以往波濤洶湧的樣子。蜿蜒的群山因為被雪冰封，看起來就像銀蛇一樣，丘陵也被白雪覆蓋，像是一群白色的大象在奔馳，這些景象與霧白的天空快要融為一體，好像要和天爭高一樣。若等到晴天，在紅日照耀下，與雪景互相輝映，那景色看起來更加嬌豔美麗。

下片轉為豪氣，國家的江山是那樣的美好，所以自古以來，總引起那麼多英雄爭相逐鹿。但可惜秦始皇與漢武帝，在文才上略差；而唐太宗和宋太祖，文采也略遜於《詩經》的〈國風〉、《楚辭》的〈離騷〉；而一代天驕之子成吉思汗，也只懂得武功。這裡是說秦始皇到宋太祖，於文治方面稍有遜色，而成吉思汗更是不重視。只不過，這些如蘇軾所說的「風流人物」都已逝去，要論英雄，還得看看今朝的人們。

這首詞較有名的地方多集中於下半片，以氣勢取勝，頗有宋代豪放詞的味道，且在電視劇《步步驚心》中也出現過。女主角馬爾泰若曦第一次見康熙時，康熙曾問她為何緊張？是不是因為害怕皇帝？若曦便回答說，因為皇上是一代聖君，所以自己並不怕，只是第一次來到宮中，所以緊張。康熙又接著問，妳怎麼知道朕是聖君？若曦就引用了毛澤東此詞的下半闋，結果獲得康熙的欣賞。也說明了這首詞在中國，是很有知名度的，所以能用在劇情中，不怕觀眾不懂。

延伸知識

宋代以後詞的發展

我們常說「唐詩宋詞」，是因為詩、詞發展到唐代與宋代時，成就最為巔峰和輝煌，但這並不表示唐代以外的人不寫詩，宋代以外的人不寫詞。尤其是詩，在中國各個朝代中，都在文人心中有崇高的地位，所以各朝各代都有人寫詩，只是成就不如唐詩。至於詞，在宋代以後，逐漸沒落，元代則多是曲的天下。雖然，一直到明代，還是有人在寫詞，但是成就無法與宋詞相比。

不過，到了清朝初年，詞卻曾經復興，也出現了不少有名的詞派和詞人，例如陽羨派、浙西派、常州派。約在嘉慶以前，是以陽羨和浙西兩大派為主，陽羨派以陳維崧為代表，繼承了蘇辛的豪放詞風格；浙西派則以朱彝尊為代表，學習的是姜夔的詞風；而嘉慶以後，張惠言為代表的常州詞派興起，提出改善前兩派缺點的理論，注重比興寄託。這三大派在清代的詞壇中，都有重要的影響。此外，還有納蘭性德，雖不歸類在三大派之中，卻也是相當重要的作家，寫過許多膾炙人口的詞作。

詞到了清朝一度復興，除了創作以外，也有不少人致力於研究詞的創作方式，或編選詞集，還有像萬樹的《詞律》、陳廷敬等人的《康熙詞譜》，整理校訂了各種詞牌的平仄，這些都對後人研究詞學或填詞創作有很大的助益。若說詞到現代都還能繼續流傳、受人欣賞，則清朝這些詞人或詞學家，實在是功不可沒。

五十七、為何在宋詞中，「西樓」最常見？而不是東樓、北樓、南樓？

「西樓」在宋詞中，常常被當成一種哀愁的意象，這是因為古人將方位分成東、西、南、北，除了本身所實指的方向之外，往往會與天文、季節等自然事物做對應，而有了方向以外的聯想。所以，我們若要了解「西樓」這詞的意涵，就必先得了解，古代時西方是一個怎樣的方位。

首先從方位來說，西邊是日月星辰落下的方位，所以看得見夕陽落下，也看得見月亮西沉。而我們往往會覺得日昇天亮是一天的開始，充滿生機與希望；日落天黑則是一天的結束，也會讓人較為感傷。所以李商隱的〈登樂遊原〉說：「夕陽無限好，只是近黃昏。」太陽落下，總令人聯想到消逝、結束。也因此，西這個方位，自然就染上了這樣的色彩。再者，從季節上來說，東對應的是春天，南對應的是夏天，西對應的是秋天，北對應的是冬天，這與每個季節的風向有關。由於西對應的是秋天，所以西這個字，就容易令人聯想到秋天那種萬物蕭瑟、冷清之感。因此，西樓這個詞，往往產生了較為感傷、寂寞的感覺。若用在詞中，則大多也是為了營造出這樣的氣氛。

所以，像晏殊的〈清平樂〉說：「惆悵此情難寄。斜陽獨倚西樓。」這裡的西樓與夕陽西下結合在一起，就令人有落寞之感。此外，西樓更常與月亮一起出現，如李後主〈相見歡〉：「無言獨上西樓。月如鉤」、周邦彥〈浪淘沙．春景〉：「憑斷雲留取，西樓殘月」、李清照〈一翦梅〉：「雲中誰寄錦書來，雁字回時，月滿西樓」等，都是以西樓和月，去營造出感傷的情境，因為古人經常對著月亮思念故鄉或情人，再與西樓結合的話，更能帶出愁苦之感。此外，西樓往往是能看見月亮落下的地方，所以在西樓望月，也能暗示出因為愁苦所以夜不能寐，在將近天亮的時間還醒著。可見西樓與月，實在是描繪哀愁情感的最佳搭檔。

此外，西樓也常和風雨結合，如晏幾道〈少年游〉：「西樓別後，風高露冷，無奈月分明」、范成大〈惜分飛〉：「重別西樓腸斷否。多少淒風苦雨」等等，因為風雨也常帶有淒苦的意象。而大雁這種候鳥，因為季節而固定往南、往北飛，也會使離開家鄉的人，或思念遠行情人、朋友的人，想到「回家」這件事而引發感傷；且雁常被當作送信的使者，因此雁往往也和「離別」有關，有離別就有離愁，自然和西樓產生了連結。若要加強情緒，則如李清照將西樓、雁、月一同使用，或晏幾道將西樓、風、月結合，也都是深化離愁的方式。

由於宋詞的主題，常與男女情感有關，男女情感中，又經常寫到離情、相思，所以西樓出現的機會，就比其他樓要來得多了。

為何在宋詞中，「東風」比其他的風還常見？

在詞中，春天是很常見的，而春天經常出現的花、細雨、鳥等，往往也都是柔美的，因此很適合出現在婉約的詞中。而詞做為娛賓遣興之用，春天也是適合踏青宴飲的時節，自然就成為了詞常見的題材。此外，春天往往是美好事物或回憶的象徵，詞人藉傷春來哀悼美好事物或回憶的逝去，也是常見的創作方式。

既然春天常見於詞中，那麼與春天密切相關的東風，出場的機會就比其他的風還多了。除了做為春天的景物之一來描寫外，也因其年年都會如期吹起，所以可做為一種「春天已到」的訊息，如歐陽修〈玉樓春〉：「春天本是開花信」、王安中〈蝶戀花〉：「東風約定年年信」。而東風能催生萬物，卻也能在晚春時吹落花朵，所以有了「薄情」的形象，如晏幾道〈好女兒〉：「儘無端、盡日東風惡」、周紫芝〈醉落魄〉：「晚來卷地東風惡」、陸游〈釵頭鳳〉：「東風惡，歡情薄」等。此外，因相思所產生的傷感，也常以東風做為襯托，如張先〈虞美人〉：「一時彈淚與東風。恨重重」、歐陽修〈桃源憶故人〉：「少年行客情難訴。泣對東風無語」等，便是以東風反襯哀傷，藉由對比更顯出人物的愁苦。

五十八、「冰肌玉骨」形容的是哪個美人？

我們常用「冰肌玉骨」來比喻美女的肌膚晶瑩剔透，而最一開始，這句成語是用來形容花蕊夫人的。

花蕊夫人本姓費，原為歌妓，貌美如花，所以被後蜀皇帝孟昶所鍾愛，並賜名「花蕊夫人」，還被封為貴妃。她長於寫詩，並非空有容貌，自然深受寵愛。而後蜀因為地理環境的關係，能夠偏安，不受戰爭的紛擾，孟昶也不是很有作為的皇帝，在暫無憂患的情形下，就經常沉溺於享樂之中。據說孟昶非常怕熱，所以在宮中的摩訶池上，建造了一座水晶宮殿來避暑熱，夏天一到，孟昶與花蕊夫人，就經常待在水晶宮殿中。由於孟昶信佛，宮中便有尼姑，其中有一個朱姓尼姑，曾見孟昶與花蕊夫人在水晶宮避暑時吟詠了一首詞。待到宋亡了後蜀，很多年後，尼姑已高齡九十歲，遇到當時才七歲的蘇軾。她把當年在宮中看到的情景，以及那首詞的內容，都告訴了蘇軾。四十年後，某天蘇軾才把這件事情寫了下來，並改寫了那首詞。

先來看孟昶的原詞〈木蘭花〉：

冰肌玉骨清無汗。水殿風來暗香滿。簾開明月獨窺人，欹枕釵橫雲鬢亂。起來瓊戶啟無聲，時見疏星渡河漢。屈指西風幾時來，只恐流年暗中換。

而蘇軾所作則為〈洞仙歌〉，全詞如下：

冰肌玉骨，自清涼無汗。水殿風來暗香滿。繡簾開、一點明月窺人，人未寢，欹枕釵橫鬢亂。

起來攜素手，庭戶無聲，時見疏星渡河漢。試問夜如何，夜已三更，金波淡、玉繩低轉。但屈指、西風幾時來，又不道流年、暗中偷換。

兩詞相較，看得出來非常相似。上片的詞意大致都是說，花蕊夫人有著晶瑩的冰肌和如玉般的秀骨，即便在炎炎夏日中，依舊能清涼無汗。而在池上的水晶宮中，晚風吹來，充滿了暗暗的香氣。打開繡簾，見天上的明月，彷彿在偷窺著花蕊夫人。她還沒睡著，斜倚著枕頭，寶釵已鬆，鬢髮微亂。而詞的下片寫到孟昶牽著花蕊夫人的玉手，起來散步。此時庭院中安靜無聲，不時能見到天上的流星飛越銀河。但蘇詞又加上「試問夜如何，夜已三更，金波淡、玉繩低轉」，意思是試問現在夜多深了？已是三更天，月光轉淡，玉繩星也轉低了。最後，兩詞的結尾意思也差不多，寫屈指一算，西風何時會來呢？不知不覺中，流水年華又在暗中偷換。

這樣閒適的夏日時光，卻沒有長久。後來宋軍攻入了後蜀，孟昶出降，雖被封為秦國公，遷居到宋的首都汴京，但沒多久就死了。花蕊夫人眼見國破家亡，內心自然悲憤。某日宋太祖召見她，請她作詩，她就當場寫下這樣的詩句：「君王城上豎降旗，妾在深宮哪得知，十四萬人齊解甲，更無一個是男兒。」據說她後來成為了宋太祖的妃子，但對孟昶仍念念不忘，可是過去的美好，只能隨暗中偷換的流年，成為回憶了。

蘇軾雖為豪放詞的始祖，但在他的詞作中，還是有不少婉約詞，這首〈洞仙歌〉就是其中之一。雖然是來自孟昶之詞，但稍加改寫之後，又比原詞更為出色，「冰肌玉骨」的花蕊夫人，也更為出名。

延伸知識

為何形容美女時，喜歡用「冰」、「玉」等字？

古代形容美女的詩詞很多，描述時，皮膚往往是個重點。古時以白皮膚為美，除了像《詩經・衛風・碩人》用「膚如凝脂」，以凝固的油脂比喻皮膚滑嫩柔白之外，最常見的就是以冰雪來形容。最早如莊子〈逍遙遊〉：「肌膚若冰雪。」而後像韋莊的〈菩薩蠻〉（人人盡說江南好），則說：「爐邊人似月，皓腕凝霜雪。」或蘇軾〈洞仙歌〉：「冰肌玉骨」等。因為冰雪不只潔白，還有純淨之感，除了能形容女子的肌膚極美之外，也能更進一步帶出女子光潔、脫俗的形象。這樣的例子，在詩詞中非常多。

此外，肌膚也可以用玉形容，如李煜〈子夜歌〉（尋春須是先春早）：「縹色玉柔擎。」是以玉來形容女子的手白皙柔美。因為玉是一種光滑色白的石頭，同時，古人一直認為，玉的特點除了光亮潔淨之外，也因其摸起來平滑，故有溫潤、溫和之感。這些都和古時對於女性的要求，如「守身如玉」的品格、「溫柔和善」的個性等，有謀合之處。因此，當玉用來形容外表看不見的「骨」時，其實也含有形容女子的內在是溫和純潔的意思。

五十九、宋詞中常見的自然意象有哪些？

意象，其實是一種將自然界或生活中常見的東西，透過作者主觀對它們的感受，或對這個東西本身的特性延伸出來的聯想，而賦予這個東西額外的象徵意義。這樣多半能將較為抽象的情感具體化。同時，意象常見於古典詩詞中，因畢竟詩詞是感性的，要將客觀的事物染上主觀的情感，才具有感動人心的力量。

意象又可以初步分成自然的與人造的，自然界的部分，舉凡日、月、星辰、山、水、季節、鳥、獸、蟲、花、柳等都是；而人造的部分，則城市、建築、器物、衣飾等，也都能夠被賦予某些特殊的意義，或代表某些情感。以下，我們便先從自然界的「月」開始，介紹月在宋詞中的象徵。

首先，詞的風格一開始是較為軟媚的，因此具有陰柔感的月，自然較為常見，而其所牽涉的象徵意義，也多和「思念」或「陰冷」的情感有關。以「思念」來說，就有思鄉、思念親友、戀人等，所以月經常會出現在這類作品中。以思鄉來說，最有名的例子是唐詩中李白的〈靜夜思〉：「床前明月光，疑是地上霜。舉頭望明月，低頭思故鄉。」以月來表示思鄉之情，是古典詩詞中非常常見的方式，所以宋詞中也有范仲淹的〈蘇幕遮〉：「明月高樓休獨倚，酒入愁腸，化作相思淚。」正是以月來訴說鄉情；

除了思鄉，也可以是對親友的懷念，如蘇軾的〈水調歌頭．丙辰中秋，歡飲達旦，大醉，作此篇，兼懷子由〉：「但願人長久，千里共嬋娟。」正是藉由月來表達思念兄弟之情，而希望和他分隔兩地的蘇轍，也能共賞美麗的明月；再者，蘇軾也寫過哀悼原配王弗的〈江城子．乙卯正月二十夜記夢〉：「料得年年斷腸處，明月夜，短松崗。」則是以月做為思念妻子的象徵。又或者像張仙的〈南鄉子〉：「今夜相思應看月，無人。露冷依前獨掩門。」亦是以月象徵對戀人的相思。

然而，為何月常用來象徵思念呢？因為古時候的通訊，不像今天這麼發達，一旦分隔兩地，要互通音信就不是那麼容易、頻繁，只能靠著雙方都能看見、又能長久凝視的月亮，來做為一種「此刻對方也在望著月亮思念著我吧」的安慰。再來，就像蘇軾說的：「月有陰晴圓缺。」滿月時可以讓人聯想到圓滿、團圓，但缺月時，也就容易令人想到不圓滿與分離了，所以一旦分離，滿月看起來便令人觸景傷情。如晏殊〈鵲踏枝〉說的：「明月不諳離恨苦。斜光到曉穿朱戶。」缺月則令人更加淒涼悲哀；像柳永的〈雨霖鈴〉：「今宵酒醒何處，楊柳岸、曉風殘月」、周邦彥的〈浪淘沙〉：「嗟萬事難忘，唯是輕別。翠尊未竭。憑斷雲留取，西樓殘月」等，都是以殘缺之月象徵離別的寂寞。缺月也可以象徵淒涼、寂寞之情，如蘇軾的〈卜算子〉:「缺月掛疏桐」，就以缺月象徵自己被貶黃州的淒涼，也更加深了詞人在心情、處境上的陰冷感。

此外，月也可以象徵美人，在熱切的愛情中，月也會出現做為圓滿、美好的象徵，也難怪月在古典詩詞中，經常會出現，正是因為它可以有諸多意義的緣故。這也說明了意象的象徵意義是不斷流動、變化的，進而使作品的情感更加具體、豐富的呈現出來。

延伸知識

宋詞中「水」的意象

詞人寫水的時候，經常就河流、江水這樣恆常而又流動的特徵，來代表某些情感或道理。最有名的例子大概是李後主的〈虞美人〉：「問君能有幾多愁，恰似一江春水向東流。」這是以源源不絕的水流，做為「無止盡」的象徵。所以柳永〈八聲甘州〉：「唯有長江水，無語東流。」也正是這樣的意思，藉由不斷流去的水，具體化了自己的哀愁也是無止盡的。

水既然是無止盡的流去，自然也讓人聯想到一去不復返的概念，像蘇軾〈念奴嬌·赤壁懷古〉說：「大江東去，浪淘盡、千古風流人物。」江水東流是恆常不變的，也像時間、歷史一樣，不可回頭，所以多少英雄豪傑去了，就再也回不來了。這裡象徵了一種時間的流逝，同時，也做為人生短暫與江河長久不衰的對比，使讀者更具體感受到歷史洪流的巨大。

此外，水也可以做為一種「阻礙」，像〈古詩十九首・迢迢牽牛星〉說：「盈盈一水間，脈脈不得語。」藉銀河做為牛郎、織女間情感的阻礙。這樣的概念後來也化用在詞中，例如利登〈風流子〉：「如今知何處，三山遠，雲水一望迢迢。」就是以雲、水的遙遠，做為現實與情感上的雙重阻礙。像戲劇《還珠格格》中的插曲，由瓊瑤作詞的〈山水迢迢〉：「山也迢迢，水也迢迢，山水迢迢路遙遙。」也是異曲同工之妙。

六十、宋詞中常見的人造意象有哪些？

北宋初期以前的詞，往往多以艷情為主題，並將描寫的重點放在女性身上。而女性生活的地方，常只在閨閣之中，因此閨閣中的物品，像簾、香爐、蠟燭等等，就常因為作者所要營造的氣氛、詞境，被用來當作意象使用，並依主題的不同，呈現出不同的象徵意義。

首先，「簾」是宋詞中非常常見的意象，通常是做為阻隔、屏擋之用，常見於較為私密的內室，特別是女性的閨房，讓女性生活在其中時，不輕易被人所看見，所以簾就成了阻隔的象徵，如張元幹的〈柳梢青〉：「入戶飛花，隔簾雙燕，有誰知得。」再進一步來說，簾更可象徵女子心情上的封閉，如張先〈醉桃源〉：「開花取次宜。隔簾燈影閉門時。此情風月知」、歐陽修〈蝶戀花〉：「楊柳堆煙，簾幕無重數。」都是透過簾來寫女子生活的封閉，進而帶出心也是封閉的。畢竟古代的女子，不像現代一樣，能輕易出門、四處遊走，生活受到限制，自然心情上也是如此。因此，用「簾」這個意象，很能概括說明這些受限女子的情況，同時也能象徵心境上的封閉，然後帶出孤獨、寂寞之感。

至於香爐，多為薰香之用，除了替房間增添香氣，敬神禮佛時也會用到。而香爐的造型多變，放在房中也能做為擺飾，且香爐多半是富貴人家在使用的，因此可藉以烘托出富貴之感。如歐陽修〈漁家傲〉：「紅爐畫閣新裝遍。錦帳美人貪睡暖」、〈洛陽春〉：「紅紗未曉黃鸝語。蕙爐銷蘭炷。錦屏羅幕護春寒，昨夜三更雨」等，都呈現出一幅富貴、華麗的閨閣女子圖像。再來是焚香時，煙霧會從爐中緩緩飄出，繚繞於室內，這提供了嗅覺與視覺的雙重感受，而使某些情感或氛圍被烘托出來，例如趙長卿〈浣溪紗〉：「金獸噴香瑞靄氛。夜涼如水酒醺醺。照人嬌眼媚生春。」是以爐煙創造出浪漫旖旎的感覺。這在描寫閨中豔情的詞裡，也是常見的意象。

香爐或爐煙一方面可以帶出香軟、濃豔的感覺，但另一方面，也可用香爐冷卻、煙霧熄滅等，帶出淒涼哀傷之感，所以寫閨怨的詞中亦常出現。像石孝友的〈醉落魄〉：「醉衾不暖爐煙溼。一簾暝色人孤寂」、李清照〈念奴嬌〉：「被冷香消新夢覺，不許愁人不起」、〈浣溪紗〉：「瑞腦香消魂夢斷，辟寒金小髻鬟鬆。醒時空對燭花紅」等，來象徵女子情感上的意興闌珊、寂寞愁苦。

至於蠟燭，也和香爐有異曲同工之妙，一方面可以用於寫豔情，如歐陽修的〈憶秦娥〉：「展香裀，帳前明畫燭。眼波長，斜浸鬢雲綠。」寫的是春宵的情景。但蠟燭燃燒時會產生蠟液，看起來像眼淚的形狀，所以晏殊〈撼庭秋〉：「念蘭堂紅燭，心長焰短，向人垂淚」，或柳永〈臨江仙〉：「奈寒漏永，孤幃悄，淚燭空燒」等，則是藉燭淚來象徵人因思念所流下的眼淚。

宋詞中「欄杆」的意象

有一種意象，較不受限於詞的主題，無論是寫男女情感、懷念家鄉、抒懷言志，都可能會出現這一個意象，那就是「欄杆」。

欄杆（或作闌杆）是一種做為阻隔、保護之用的建築，往往出現於迴廊、水邊、庭園等處，更常見於高樓之中。高樓上的欄杆，雖一開始是做為保護之用，但後來因為人們喜歡「登高遠望」，於是逐漸延伸出「憑欄」、「倚欄」的動作，也就賦予了欄杆額外的意義。首先，是良人遠行的女子，因為期盼著對方回來，所以想登高遠眺，看看是否可以見到良人回來的蹤跡；而獨自立於高樓上的欄杆，本身就帶有一點孤獨的感覺，與既寂寞又熱切盼望的女子形象，是相當映襯的，故描寫這類情感的詞作中，往往會出現這類意象。如晏殊〈鳳銜杯〉：「獨憑朱闌、愁望晴天際。空目斷、遙山翠。彩箋長，錦書細。誰信道、兩情難寄」、周邦彥〈燭影搖紅〉：「憑闌干、東風淚滿」、李清照〈點絳唇〉：「倚遍闌干，祇是無情緒。人何處。連天衰草，望斷歸來路」等，都是透過獨倚欄杆，來帶出思念的愁緒。

不過，不只相思時會憑欄遠望，懷鄉也會，如柳永〈八聲甘州〉：「不忍登高臨遠，望故鄉渺邈，歸思難收。……爭知我、倚闌干處，正恁凝愁。」再來，自靖康之難以後，昔日北宋的山河，已為金所有，因此也不少愛國心切的人，登高憑欄，遠望故土，抒發喪國之痛。如岳飛〈滿江紅〉：「怒髮衝冠，憑闌處、瀟瀟雨歇」、辛棄疾〈水龍吟．登建康賞心亭〉：「把吳鉤看了，欄干拍遍，無人會、登臨意」等，也是透過高而孤獨的欄杆，來訴說難以被人理解的苦痛，或帶出高遠的志向。所以，欄杆也是隨著憑欄之人的心情，被賦予了形象之外的意義。

附錄一：填詞詞譜（現代版）

古代倚聲填詞，其實和今天的流行歌詞，有很大的共通處。在今天的流行歌曲中，也有很多是先有曲後，作詞者再依音樂寫出歌詞的。古時填詞，每個詞牌都有定式，字數、句數、平仄、韻腳等都有較為制式的規定，但在現代流行歌曲中，只要能配合音樂，以上這些都沒有硬性的規定。所以在學古人填詞之前，或許可以先來試試我們比較熟悉的現代歌曲，練習將其改寫或重填。

改寫或重填現代流行歌曲中，比較要注意的是押韻，不用每句都押，但最好是每兩句就要押一次。通常以押同一韻母的字為主，但有時相近的發音也可以用來押韻，如「因」、「英」，「棄」、「去」等，雖然韻母不同，但音近，所以也可以通押（在古時也常有類似情形，特別是受方言影響，所以有的詞人押韻時，有時也會拿不同韻部的字來通用）。此外，如果歌詞較長，或者希望變化較多，便也可以「換韻」，例如第一段押「ㄢ」韻，第二段改押「ㄤ」韻；或本來押「ㄛ」韻，後來改押「ㄞ」韻等，總之，現代流行歌曲的押韻，是可以較多自由變化的。接著，雖然現代流行歌曲不規定平仄，但是填詞時，還是要多注意字音與旋律是否協調，甚至可唱一遍確認是否順口，以避免難唱、拗口的情形發生。

至於題材方面，流行歌曲雖以愛情為大宗，舉凡熱戀、失戀、單戀、結婚等，都是可以寫的部分，但是也不一定要拘泥在愛情方面，友情、親情、生活感觸等感性的部分，甚至歷史、新聞事件、故事等，都可以做為題材。選定好題材以後，再來想結構的問題。流行歌曲一般分成主歌、副歌兩大部分，初學者可先從這兩部分去想如何安排。主歌可以做鋪陳，然後在副歌部分更加強調出主題，並由主題延伸出比較引人注意的詞句，來加強聽者的印象，這樣整首歌的層次也會比較鮮明。

現在，我們以周杰倫作詞作曲的〈蝸牛〉做為練習，原歌詞如下：

該不該擱下重重的殼　尋找到底哪裡有藍天
隨著輕輕的風輕輕的飄　歷經的傷都不感覺疼
我要一步一步往上爬　等待陽光靜靜看著它的臉
小小的天有大大的夢想　重重的殼裹著輕輕的仰望
我要一步一步往上爬　在最高點乘著葉片往前飛
小小的天流過的淚和汗　總有一天我有屬於我的天

我要一步一步往上爬　在最高點乘著葉片往前飛
任風吹乾　流過的淚和汗
我要一步一步往上爬　等待陽光靜靜看著它的臉
小小的天有大大的夢想　我有屬於我的天

接著，請選好想寫的題材，一邊聽其旋律，一邊試著將歌詞改填。

●主歌（總共四句）：

●副歌（共分四段，基本上每段都是四句，但可以做一點不同的變化）：

小提醒：可以注意的是，原歌詞中的副歌，每段都會重複「我要一步一步往上爬」，這就是由主題延伸出、並引人注意的詞句，讓聽眾容易記得，不僅呼應了歌名

「蝸牛」，也強調出「努力向上」的意涵。所以在改寫、重填時，也可以仿照這個方式，點出歌詞中應該最強調的句子，最好這句也是歌詞中寫得最好的一句。

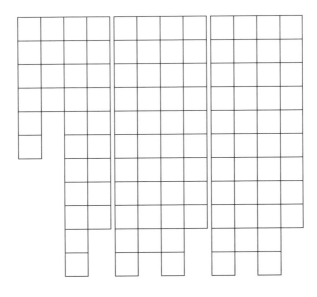

填好了嗎？這首歌因為結構比較簡單，歌詞也不長，所以可做為入門的練習。挑戰成功後，便可以再選你喜歡的歌曲，練習歌詞更長、結構也有較多變化的部分。如此一來，說不定你也可以成為下一個作詞高手！

附錄二：填詞詞譜（古典版）

填詞需知

若有興趣填詞的話，首先要了解其規則。由於詞的音樂今天多已遺失，所以無法真正做到「倚聲填詞」，但像清代萬樹所編的《詞律》，或陳廷敬等人編的《康熙詞譜》，都已整理出許多詞牌，告訴填詞者平仄與用韻的方式，所以，下面將列出六個較為常見的詞牌，列出平仄與韻腳，供有興趣的讀者填詞。

但要注意的是，所謂平仄，即古代聲韻中的平聲與仄聲，平聲包含了陰平、陽平，仄聲則包含上（ㄕㄤˇ）、去、入聲等。大致來說，今天國語中的一、二聲字多為平聲，三、四聲則多為仄聲，入聲字則比較特別，古代這類的字，發音多為短、急促的方式，但今天國語中，已無入聲，且古時的入聲字在今天的國語中，一、二、三、四聲中，都可能出現。所以，若讀者接下來想要填詞，可以先初步用國語的聲調來當作平、仄的判斷，而若會使用方言，如閩南語、客家語的話，亦可將字轉為方言來唸唸看，對於平仄的判斷會更加精確，而某字若轉成方言來唸，其發音是短而急的話，則多半為入聲字。如果要進階一點，一定要確定此字的平仄為何，則可以查清代戈載的

《詞林正韻》，這是專門為詞的用韻做分類整理的工具書，也可判斷平仄。

再來是押韻的問題，此處較為複雜。現代流行歌曲或新詩中的押韻，只要是韻母相同，不論聲調是一、二、三、四聲，都可以算押韻；但詞的押韻，還會分平聲韻和仄聲韻，若這個詞牌規定要押平聲韻，就不可用仄聲韻，反之亦然；但有時也會有平、仄聲韻都可在同一首詞中轉換使用，這就要看詞牌的規定。所以，在填詞之前，要知道該詞牌對於韻腳的規定，然後再查詢《詞林正韻》。這本書將韻分成十九部，前十四部中，每部又分平、上、去，後五部則為入聲韻（專門給填「雨霖鈴」、「蘭陵王」等最好用入聲韻的詞牌時查詢使用）。押韻時，只要是在同一部中，又同一聲調的字，都可以做為韻腳。例如某一詞牌規定押平聲韻，假定填詞者選了第一部中的韻來使用，則第一部中平聲的韻有「東」、「冬」，東韻下有通、同、童、紅、匆等字；冬韻下有儂、鬆、農等字，則以上這兩個平聲韻中所列出的字，都可以做為韻腳，也就是通押。但是第一部中還有上聲的「董」、「腫」，去聲的「送」、「宋」等，這些仄聲韻底下的字，就不可以做為韻腳了，除非是詞牌中有平、仄韻通押、轉換的規定，那麼，只要是第一部中的韻腳就都可以通用。反之，若詞牌規定押仄聲韻，那麼上聲的「董」、「腫」，去聲的「送」、「宋」兩韻也都可通押。需注意的是，仄聲韻中只有上、去兩聲可以通押，入聲韻雖然也是仄聲，卻不能與之通押，是另外獨立出來的。

這十九部韻，是戈載根據前人所填之詞歸納出來的，但其實前人填詞時，並沒有一套硬性規定的韻書或規定做為依據，可能依據詩韻，也可能依詞人自己的習慣使用，所以《詞林正韻》不見得能涵蓋所有的詞韻。此外，現代也有陳滿銘、王熙元、陳弘治所編的《詞林韻藻》，是根據《詞林正韻》的分類，再刪去一些較為冷門的字，然後每一韻字下面，又羅列出唐宋詞人押此字的佳句，供填詞者觀摩，也是一本很有用的填詞參考書。

當然，若對平仄、押韻很不熟悉，則可上網搜尋「『倚聲填詞』格律自動檢測索引教學系統——網路展書讀」，找到要填的詞牌及要使用的韻部後，輸入創作的詞句，系統便會幫忙判斷有無不合平仄、用錯韻腳的地方，非常方便。

自然，身為現代人，所使用的語言多半為國語，所以想要用現代的語言判別平仄，並以現代四聲皆可通押韻的方式來填詞，也未始不可。但這一套填詞方式畢竟是古人所歸納出來的，按照古法來填，還是較不容易失去詞的原汁原味，也不會讓詞跟新詩、流行歌曲的界線混淆。不過，在盡量合乎格律的狀況下，適時使用現代才有的詞語，也可使創作增加活潑性和方便性，這是可以大膽嘗試的。

詞譜說明

以下詞譜之詞牌，為宋人較常使用的。每一詞牌下，會先介紹格律（主要參考龍沐勛的《唐宋詞格律》），然後列出較著名且格律標準的詞作，以供參考。再來就列出此一詞牌的平仄規定，和該押韻的地方，並在旁邊列有空格，供讀者填詞創作。

「—」符號表示該處要填平聲字，「｜」表示該處要填仄聲字，「＋」則表示該處可平可仄。遇有標示「韻」字時，則表示該處要押韻，使用的標點符號是句號；「句」則表示該處不需押韻，使用逗號；「豆」則表示該處在句中稍有停頓，要使用頓號。

請見下面範例：

＋｜——（句）—＋｜（豆）＋—＋｜（韻）

怒	髮	衝	冠	，	憑	闌	處	、	瀟	瀟	雨	歇	。

開始填詞

1、浣溪沙

●詞牌介紹：

「浣溪沙」是宋人填詞時，使用率最高的詞牌。上下片都各三句，每句七個字。押平聲韻，上片三句都要押，下片則第一句不用，餘兩句要押。通常在第二片的前兩句，要使用對偶。以字數來說，屬於小令，較適合初學者填詞。

●範例：

—晏殊

一曲新詞酒一杯。去年天氣舊亭臺。夕陽西下幾時迴。
無可奈何花落去，似曾相似燕歸來。小園香徑獨徘徊。

—秦觀

漠漠輕寒上小樓。曉陰無賴似窮秋。淡煙流水畫屏幽。
自在飛花輕似夢，無邊絲雨細如愁。寶簾閒掛小銀鉤。

●格律：

＋｜＋—＋｜—（韻）＋—＋｜｜——（韻）＋—＋｜｜——（韻）

＋｜＋——｜｜（句）＋—＋｜｜——（韻）＋—＋｜｜——（韻）

2、江城子

●詞牌介紹：

此詞牌又有別名叫「江神子」，本來只有一片，七句三十五字，押五平韻，通常在最後兩句是各三言的句子，也有人將之變為一句七言的句子。這大抵是因為詞配樂歌唱時，多一字或少一字，還是可以配合旋律的，所以詞人填詞時，有時也會像這樣增添字數，稍作變化。而這個詞牌到了宋代，宋人開始會再重複一次，於是就變成了兩片，共七十字。練習填此詞牌時，可先從一片開始填起，再循序漸進，練習兩片的形式。

●範例：

—韋莊

髻鬟狼籍黛眉長。出蘭房。別檀郎。角聲嗚咽，星斗漸微茫。露冷月殘人未起，留不住，淚千行。

—歐陽炯

晚日金陵岸草平。落霞明。水無情。六代繁華，暗逐逝波聲。空有姑蘇臺上月，如西子鏡照江城。

—蘇軾（乙卯正月二十日夜記夢）

十年生死兩茫茫。不思量。自難忘。千里孤墳，無處話淒涼。縱使相逢應不識，塵滿面，鬢如霜。

夜來幽夢忽還鄉。小軒窗。正梳妝。相顧無言，惟有淚千行。料得年年腸斷處，明月夜，短松岡。

●格律：

＋—＋｜｜——（韻）｜——（韻）｜——（韻）＋—＋｜（句）

□□□□□□□□□□□□□□□□□□□□□

＋｜｜——（韻）＋｜＋——｜｜（句）—｜｜（句）｜——（韻）

□□□□□□□□□□□□□□□□□□□□□□

＋—＋｜｜——（韻）｜——（韻）｜——（韻）＋—＋｜（句）

□□□□□□□□□□□□□□□□□□□□□

＋｜｜——（韻）＋｜＋——｜｜（句）—｜｜（句）｜——（韻）

□□□□□□□□□□□□□□□□□□□□□□

3、水調歌頭

●詞牌介紹：

「水調歌頭」在宋代也是常用的詞牌。分成兩片，上片九句，下片十句，全詞一共九十五字。一般來說，是上下片各押四平韻，但也可以有些變化。如蘇軾的〈水調歌頭〉，在上片第五、六句的「去」、「宇」又夾押了仄韻；在下片第六、七句的「合」、

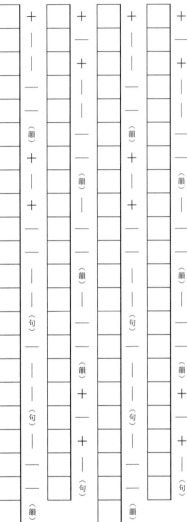

「缺」，也是一樣的情形（合、缺雖不在同一韻部，但詞的押韻本就不如詩韻來得嚴格，所以有的詞人只求唱時順口即可，或者因為方言之不同，所以發音相近的韻有時也可以跨部通用）。畢竟詞與音樂是息息相關的，一開始也沒有正式、嚴格的規定，所以變化也就比較多了。

此外，蘇軾的〈水調歌頭〉曾被譜上現代流行歌曲的旋律，也就是鄧麗君、王菲都曾唱過的〈但願人長久〉，所以在填「水調歌頭」這一詞牌時，也可以參考〈但願人長久〉的旋律，一邊聽一邊填，想必會更有古人「倚聲填詞」的氛圍。

●範例：

—毛滂

九金增宋重，八玉變秦餘。千年清浸，先淨河洛出圖書。一段昇平光景，不但五星循軌，萬點共連珠。垂衣本神聖，補袞妙工夫。

朝元去，鏘環佩，冷雲衢。芝房雅奏，儀鳳矯首聽笙竽。天近黃麾仗曉，春早紅鸞扇暖，遲日上金鋪。萬歲南山色，不老對唐虞。

—蘇軾（丙辰中秋，歡飲達旦，大醉，作此篇兼懷子由）

明月幾時有，把酒問青天。不知天上宮闕，今夕是何年。我欲乘風歸去，又恐瓊樓玉宇，高處不勝寒。起舞弄清影，何似在人間。

轉朱閣，低綺戶，照無眠。不應有恨，何事長向別時圓。人有悲歡離合，月有陰晴圓缺，此事古難全。但願人長久，千里共嬋娟。

●格律：

＋｜｜——｜(句)＋｜｜——(韻)＋—＋｜—＋(句)＋｜｜——(韻)

＋｜——＋｜(句)＋｜——＋｜(句)＋｜｜——(韻)

＋｜｜——｜(句)＋｜｜——(韻)

＋＋＋(句)＋＋｜(句)｜——(韻)＋—＋｜(句)—＋—｜｜——(韻)

＋｜——＋｜(句)＋｜——＋｜(句)＋｜｜——(韻)

＋｜＋—｜(句)＋｜｜——(韻)

4、滿江紅

●詞牌介紹：

前面所介紹的詞牌都是屬於「平韻格」，也就是押韻都是平聲韻，接下來「滿江紅」這個詞牌，則是處於「仄韻格」，也就是押仄聲韻。「滿江紅」一樣是分成兩片，上片八句，押四仄韻，下片十句，押五仄韻，一般多以入聲韻為主，一共九十三字。這個詞牌被認為是「聲情激越」，所以適合用來抒發比較豪放的情感，如岳飛著名的〈滿江紅〉就是一例。另外，也有姜夔所改創的平韻格。由於「滿江紅」的格律有較多變化，以下的填詞詞譜僅附一般所認為的正格，而姜夔所作的平韻格，則放於範例中以供參考。其他如增加襯字的格式，可再參考《康熙詞譜》。

●範例：

—柳永

暮雨初收，長川靜、征帆夜落。臨島嶼、蓼煙疏淡，葦風蕭索。幾許漁人飛短艇，盡載燈火歸村落。遣行客、當此念回程，傷漂泊。

桐江好，煙漠漠。波似染，山如削。繞嚴陵灘畔，鷺飛魚躍。遊宦區區成底事，平生況有雲泉約。歸去來、一曲仲宣吟，從軍樂。

—岳飛（寫懷）

怒髮衝冠，憑闌處、瀟瀟雨歇。抬望眼、仰天長嘯，壯懷激烈。三十功名塵與土，八千里路雲和月。莫等閒、白了少年頭，空悲切。

靖康恥，猶未雪。臣子恨，何時滅。駕長車踏破，賀蘭山缺。壯志饑餐胡虜肉，笑談渴飲匈奴血。待從頭、收拾舊山河，朝天闕。

—姜夔（平韻格）

仙姥來時，正一望、千頃翠瀾。旌旗共、亂雲俱下，依約前山。命駕群龍金作軛，相從諸娣玉為冠。向夜深、風定悄無人，聞佩環。

神奇處，君試看。奠淮右，阻江南。遣六丁雷電，別守東關。應笑英雄無好手，一篙春水走曹瞞。又怎知、人在小紅樓，簾影間。

●格律：

＋｜——（句）—＋｜（豆）＋—＋｜（韻）—｜｜（豆）｜——｜（句）

｜—＋｜（韻）＋｜＋——｜｜（句）＋—＋｜——｜（韻）

＋＋＋（豆）＋｜｜——（句）——｜（韻）

＋＋｜（句）—｜｜（韻）—｜｜（句）——｜（韻）｜——＋｜（句）

｜——｜（韻）＋｜＋——｜｜（句）＋—＋｜——｜（韻）

＋＋＋（豆）＋｜｜——（句）——｜（韻）

5、菩薩蠻

●詞牌介紹：

這個詞牌又別名「子夜歌」或「重疊金」。分成兩片，上下片皆為四句，各先押兩仄韻，再壓兩平韻，共四十四字。像這樣的押韻方式，又稱為「平仄韻轉換格」，也就是說，平、仄韻在轉換時，可以換不同韻部的韻腳，用韻上會比較自由。

另外，在戲劇《後宮甄嬛傳》中，有將溫庭筠之〈菩薩蠻〉譜成歌曲，所以填此詞牌時，也可一邊參考此歌曲的旋律，一邊進行填詞。

●範例：

—李白

平林漠漠煙如織。寒山一帶傷心碧。暝色入高樓。有人樓上愁。

玉階空佇立。宿鳥歸飛急。何處是歸程。長亭更短亭。

—溫庭筠

小山重疊金明滅。鬢雲欲度香腮雪。懶起畫蛾眉。弄妝梳洗遲。

照花前後鏡。花面交相映。新帖繡羅襦。雙雙金鷓鴣。

●格律：

＋—＋｜——｜（仄韻）＋—＋｜——｜（協仄）

＋｜｜——（換平韻）＋——｜—（協平）

＋——｜｜（仄韻）＋｜——｜（協仄）

＋｜｜——（換平韻）＋——｜—（協平）

6、西江月

●詞牌介紹：

此詞牌又有別名為「步虛詞」、「江月令」。分上下片，上下片各四句，上下片都各押兩平韻，最後一句押仄韻。但這個詞牌是「平仄通協格」，也就是說，與前面的「平仄韻轉換格」不同，「平仄通協格」雖有平、仄韻之轉換，但不管押平還是仄韻，都要在同一韻部中，所以用韻上不如「平仄韻轉換格」自由，但是比一般的平韻格或仄韻格要來得寬鬆些。

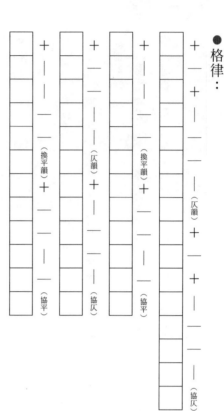

●範例：

—柳永

鳳額繡簾高卷，獸鐶朱戶頻搖。兩竿紅日上花梢。春睡厭厭難覺。
好夢狂隨飛絮，閒愁濃勝香醪。不成雨暮與雲朝。又是韶光過了。

—辛棄疾（夜行黃沙道中）

明月別枝驚鵲，清風半夜鳴蟬。稻花香裡說豐年。聽取蛙聲一片。
七八個星天外，兩三點雨山前。舊時茅店社林邊。路轉溪橋忽見。

●格律：

＋｜＋——｜（句）＋—＋｜——（平韻）＋—＋｜｜——（協平）
＋｜——＋｜（協仄）
＋｜＋——｜（句）＋—＋｜——（平韻）＋—＋｜｜——（協平）
＋｜——＋｜（協仄）

宋詞背後的祕密

作　　者——林玉玫
封面設計——呂德芬
責任編輯——鄭襄憶、洪禎璐
行銷企劃——郭其彬、王綬晨、邱紹溢、夏瑩芳、張瓊瑜、李明瑾、蔡瑋玲
副總編輯——張海靜
總 編 輯——王思迅
發 行 人——蘇拾平
出　　版——如果出版
發　　行——大雁出版基地
地　　址——台北市松山區復興北路 333 號 11 樓之 4
電　　話——02-2718-2001
傳　　真——02-2718-1258
讀者傳真服務——02-2718-1258
讀者服務信箱 E-mail——andbooks@andbooks.com.tw
劃撥帳號——19983379
戶　　名——大雁文化事業股份有限公司
香港發行——大雁（香港）出版基地・里人文化
地　　址——香港荃灣橫龍街 78 號正好工業大廈 22 樓 A 室
電　　話——（852）2419-2288
傳　　真——（852）2419-1887
E-mail——anyone@biznetvigator.com
出版日期——2015 年 12 月初版
定　　價——300 元
ISBN——978-986-6006-81-4

歡迎光臨大雁出版基地官網
www.andbooks.com.tw
訂閱電子報並填寫回函卡

國家圖書館出版品預行編目 (CIP) 資料

宋詞背後的祕密：唱情歌、論時政，宋代文青的面貌，原來藏在宋詞裡！/ 林玉玫著 . -- 初版 . -- 臺北市：如果出版出版：大雁出版基地發行，2015.12
面；　公分
ISBN 978-986-6006-81-4(平裝)

1. 宋詞 2. 詞論 3. 問題集

820.9305　　104026172

如果